飞扬 · 青春校园记忆美文精选

上帝没有布娃娃

省登宇 主编

国际文化出版公司
·北京·

图书在版编目（CIP）数据

上帝没有布娃娃 /省登宇主编 . －北京：国际文化出版公司，2012.6（2024.5 重印）
（飞扬·青春校园记忆美文精选）
ISBN 978-7-5125-0361-8

I. ①上… II. ①省… III. ①散文集－中国－当代②短篇小说－小说集－中国－当代 IV. ① I217.1

中国版本图书馆 CIP 数据核字（2012）第 065396 号

飞扬·青春校园记忆美文精选·上帝没有布娃娃

主　　编	省登宇
责任编辑	戴　婕
统筹监制	葛宏峰　李典泰
策划编辑	何亚娟　任　娜
美术编辑	刘洁羽　王振斌
出版发行	国际文化出版公司
经　　销	国文润华文化传媒（北京）有限责任公司
印　　刷	三河市同力彩印有限公司
开　　本	700毫米×1000毫米　　　　16开
	10.5印张　　　　　　　　　134千字
版　　次	2012年6月第1版
	2024年5月第2次印刷
书　　号	ISBN 978-7-5125-0361-8
定　　价	39.80元

国际文化出版公司
北京市朝阳区东土城路乙9号　　邮编：100013
总编室：（010）64270995　　传真：（010）64270995
销售热线：（010）64271187
传真：（010）84271187-800
E-mail：icpc@95777.sina.net

CONTENTS 目录

第3章　一种浸染

第4章　灯下漫笔

目录 CONTENTS

第1章

青涩年华

一个帅气的男生，一个篮球，一瓶茉莉蜜茶，点缀着
我的灵魂，牵引着我的青涩

隐形人和谎话王 ◎文/金子棋

空房间里挂着薄荷色的旧窗帘，白色的烛台堆叠在窗台的微光里。床单是暖黄的，枕巾松松垮垮像刚烤好的甜甜圈。书架上只有几本简单的原文小说，花花绿绿的教参和试卷东倒西歪。洗干净的衬衣整整齐齐地叠在椅子上，格子裙和牛仔裤像是刚从商店里拿出来一样一尘不染。CD 机上沾着的面包屑是房间里唯一让人觉得温暖的小细节，另外还有半杯牛奶在陶瓷杯里感叹无人问津的遗憾。有一块造型简单的大挂钟在淡绿的墙纸上异军突起，玻璃的表盘里黑色的指针指向八点半。

如果你有记忆眼，可以看见半小时前发生在这间房间里的一切，那么你就会发现房间的主人和这间房间冷漠但是干净的空间有截然相反的亲切气质，甚至在她随意的衣着搭配里你或许会以为她是个不怎么爱整洁的女孩儿。她有柔和的眉眼，短短的睫毛像是没加足油的汽车尾气。鹅卵石的圆润线条与她的脸周轮廓刚好吻合，另外还附上完满的白皙肤质。微笑的时候嘴角有比萨斜塔的味道，如果笑容更深那么还会有浅浅酒窝浮现出来。不高的个子，但足以比肩张韶涵，只是完全没有 Angela 的骨感，甚至算得上是略微有些臃肿的欣宜形象。好吧，不加略微这个暧昧的修饰词，就是欣宜那类，而且还是欣宜的加强版。

这个很有亲切感又有些吨位超纲的叫做林一朵的女孩儿，把时尚杂志延绵四季的华服美饰深埋在床底，在房间里空无一人的解禁时刻才会把那些腿长得让人妒忌的女 Model 放在眼皮底下晾晒。她把 Kate Moss 的等身大海报卷成天文望远镜的形状藏在衣柜的夹缝里供奉，如果哪天爸妈去外地出差她就用透明胶带把 Kate Moss 的纤细身材在墙面上铺展开来，然后躺在微凉的木质地板上一边做仰卧起坐一边与这位妖精般的纸片美人做眼神交流。她买来美腿功效一流的深色牛仔裤可是从来不拿出来穿，她的那些星星图案的瘦身 T-shirt 和有透明感的薄纱短裙像商店里的橱柜摆设一样永远没有出头的日子。她仿佛披着隐形斗篷，在光亮的世界里自由来去。

　　二十分钟前，林一朵推开房门，仿佛空气和红豆糕一样芬芳甜蜜。当她半眯着眼睛哼着歌曲，用藕节般的手指将铁门小心地锁起来的同一瞬间，钟晴"嘭"的一声从对面的门里冲了出来，伴随她的还有红红的眼眶和从背后传来的不堪入耳的谩骂声。

　　如果把从楼梯到房门的空间画一个框圈起来，那么进入视线的有声画面会让你的心如履薄冰。瀑布般的长发在钟晴单薄的背脊上散开，她漆黑的眼睛像反光的电影胶片。谩骂声愈演愈烈，脏话直抵耳膜。林一朵慢慢蹲下，她用布满雀斑的鼻子蹭了蹭钟晴光洁的额头。

　　"你说过的，你不喜欢女孩哭泣的样子……"林一朵用圆润的手臂围拢成拥抱将钟晴圈在怀里，"所以，不要成为自己都不喜欢的人。"

　　钟晴在还未完全停止的骂声中抬起头来，她泛着泪光的瞳孔像月光倾泻的湖泊，她抿了抿嘴唇向温柔注视她的林一朵勉强拼出一个破碎的笑容。然后她用她蜂蜜牛奶般的甜美嗓音对林一朵说，"喜欢不喜欢自己是我的事情。"说着她轻轻推开林一朵，微笑在她脸上肆意绽放。她拍了拍裙角，飘浮起来的尘土在阳光下将林一朵惊诧的表情隔开。谩骂声按了暂停，钟晴飘逸的裙角在楼道的阴面消失。

　　林一朵吸吸鼻子，空气好像变了味道，像微微发酵的干酪。

　　是这样的，林一朵和钟晴是同学。同校，不同班。林一朵入学第一天就知道了钟晴，入学仪式的时候，她从林一朵他们班边上走过，几乎半个班级的人都朝她看了过去，半个班级的人其实就是一个班级的男生。连夏伊扬也包括在内，林一朵清楚地记得当时夏伊扬那令她费解的表情，她现在才知道那是极其克制的赞赏与倾慕。

　　开始的时候，钟晴就毫不费力地成了所有光源的聚焦点。她穿着湖蓝的裙子，质地轻软，摇曳的裙摆将大腿的线条勾勒得若隐若现。她不像大部分高中女生那样乖乖地把头发绑成马尾，而是随意地披散着，将整个背脊都覆盖起来。她有让人安心的笑容以及令人迷恋的清澈气质，并且她总是一副对自己的美毫不在意的样子。忘了是谁说过，最美的美貌是美而不自知。

　　钟晴在开学典礼上坐在礼堂里一架古旧的钢琴前为校合唱队伴奏，校合唱队唱了校歌还有一首其他的曲子，报幕的时候主持人说是爱尔兰民谣。当钟晴弹出第一个音符后林一朵开心地笑了，是她非常喜欢的《Danny Boy》。林一朵越过无数黑压压的头顶看着钟晴安静的侧脸，对她有了莫名的好感，而她不知道的是坐在她前面的夏伊扬也慢慢地微笑起来，然后在心里打定主意把钟晴弹钢琴的侧影定义为命中注定的相遇。

　　以后的事就像你脑子里想的一样，万能美少女钟晴成了一干人的追捧对象，可是她仍旧保持着对任何人都毫不在意的姿态，如果那些被容貌迷晕了头的人能抛开对外表的迷恋，也许会发现她不是对别人毫不在意，而是轻视。她似乎看不起任何人，包括她自己和她的美貌。可是她的这种态度也是淡淡的，这让那些拥有着高中生的躯体却还延续着幼儿园小朋友的洞察力的，丝毫没有探索精神的那一干她的粉丝们再世为人也看不出来——可是林一朵看得出来。

　　在两个学期以后的暑假，隔壁的空房子终于搬来了新房客，当林一朵开心地端着一盘冰西瓜想去结识一下新邻居时，她看见钟晴一个人面无表情地站在走廊的窗边，她的眼睛里是向外延伸的世界。林一朵走过去说"Hi"，钟晴仍旧一语不发。有点窘迫的林一朵又继续编了些救场的话说："原来新邻居是你喔，好巧。"钟晴终于转过脸问："你是谁？"然后便走开了，留下在原地不知所措的林一朵。

林一朵皱皱眉，低下头咬了一口西瓜，清甜的汁水让人愉悦。

夏伊扬喜欢用塑胶袋给吃剩的食物封口，喜欢环状的交通线路，喜欢兰博基尼的超级跑车，喜欢吉田耀司的格纹背包，喜欢没有标签的矿泉水瓶，喜欢 sum41 的 CD 封面，喜欢看不见自己的女生。

夏伊扬看起来的样子是，很随和，很阳光，很自由。他眼睛下面有泪痣，睫毛很长，笑容闪闪发亮。嗓音很普通，不大会唱歌，却很会炫耀他名目繁多的 CD 收藏。篮球打得差强人意，似乎对不起他一八五的身高，可是大部分女生还是很喜欢在他把篮球抛出篮筐外的时候在运动场边上尖叫。抵达噪音边界的分贝数里并没有林一朵的贡献，虽然她也喜欢夏伊扬，可是她不敢弄出声响。

夏伊扬心里想的是，钟晴能不能来我的身边待久一点；英语作文好烦，诗人们能不能不要总是在我思考加速度的时候悲春伤秋；新款的乔丹鞋有够难买；什么时候我能骑着单车载钟晴回家；B 班的男生每一个篮球都打得比我逊；这学期和我告白的人一定要超过那个尿尿不洗手的菠萝头；历史老师的腿很赞；钟晴的穿校服裙的样子也很赞。

不能拍 X 光片，所以夏伊扬的想法暂时无人知晓。他不会说，即使说些什么也是反话。

林一朵坐在夏伊扬的左边的后面的后面的隔壁排，钟晴坐在天花板上面，具体位置不明。如果一只蚊子要给夏伊扬传信，那么飞到钟晴那里也少了半条命。

在夏伊扬的记忆里，依稀记得同班同学里有一个发型老土又有点婴儿肥的女生，至于她究竟是叫林一朵还是林朵一还有待考证。唯一让他开始对她有印象是因为每次林一朵还是林朵一看见他总是会不自觉地低下头去，后来有一天菠萝头拍着夏伊扬的肩说："那个肥妞每次看见你就脸红。"说着白痴地哈哈大笑了两声，又说，"不错嘛，肥妞都喜欢你。"

夏伊扬像闪耀的阳光一样微笑着，眼睛温柔地盯着林一朵，半晌，他回过头对菠萝头满不在乎地说："她倒贴给我都不要。"

那天林一朵回家更新了一篇长长的博客，她每篇博客浏览量和默默叫"汪汪"的次数一样多。默默是一条混血狗，它兼具了八哥和京巴的优良血统，鼻子扁平，毛色诡异，是林一朵在废弃的建筑工地里捡来的。

博客的内容大致为夏伊扬那一个意味深长的眼神，那一朵比阳光还明媚的笑容让她多么多么心醉多么大地丰富了她的想象力，并且在结尾义正言辞地表达了她要狠狠减肥的决心。写了很多很多很长很长，以至于打开网页时页面会卡住一分钟。

第二天林一朵没有骑自行车，并且早起了一个钟头，慢跑去学校。中午的便当也全是素菜，米饭少了一半。本来水壶里灌的蜂蜜柚子茶也被换成了减肥功效一流，但是林一朵却完全不喜欢的普洱茶。

当林一朵满头大汗地走到校门口（一开始是跑的，但是你知道压强太大支撑不了，所以换成了竞走，最后又变成了踱步），钟晴也刚好到校。满头大汗的林一朵，面霜都在脸上糊了开来，校服衬衫湿了大半，黏黏地贴在圆圆的身体上。

而钟晴像是变身真人的3D人偶。因为腿长的原因，别人穿着差不多到膝盖的校服裙，她穿了就只遮住大腿的三分之一。那天她正好把头发都梳了起来，露出光洁的额头和漂亮的尖下巴。

在校门口值勤的是低一级的学弟学妹。有个绑彩色发带的漂亮女生捅捅身旁快要睡着的女孩子，用眼神指着钟晴压低声音说："那个是二年级的级花，钟晴，她好像漫画人物啊。"

鼻子上有浅浅的雀斑的女孩子也加入了讨论："她比漫画人物好看多了，我觉得她像土屋安娜。"

很快站在对面值勤的一排男生也加入了热烈讨论的行列，当然是等钟晴已经走了有十米远的时候。林一朵站在校门前的花坛里看着这一幕，然后迅速低下头从学校边门走进去。

不可能成为钟晴。距离遥远。不认识的人。也喜欢她。不可能成为钟晴。坐火箭也无法赶上钟晴。不可能成为钟晴。不公平。即使努力也无法赶上她。不可能变成钟晴。叫不醒的洋娃娃。叫不醒的默默。永远沉睡的命中注定。不可能成为钟晴。戴着墨镜看不见我。戴着口罩不和我说话。不可能变成钟晴。不可能成为钟晴。不可能复制钟晴。不可能成为你。

她在随考卷发送的泛黄的草稿纸上一遍遍写：夏伊扬夏伊扬夏伊扬夏伊扬夏伊扬夏伊扬夏伊扬夏伊扬夏伊扬夏伊扬……

假如我是钟晴。

她没有发现，有个眉眼细细长长的男生戴着一只白色的耳麦值勤。他没有看钟晴，只看见了从边门匆匆走进学校的林一朵，然后慢慢微笑起来。嘴角像金鱼摇晃的尾巴。

"你是说，轮滑社组织的活动，希望我和你一起去？"钟晴保持着淡淡微笑的模样，眨着她仿佛粘了假睫毛的大眼睛。

"嗯。"夏伊扬忽然后悔了，可是他还是追问了一句，"在这个星期五下午，大部分社团活动结束以后，你有空吗？"

菠萝头说钟晴是世上最难搞的女人，包括她无所谓的态度和装无辜的本领。夏伊扬心想，明明是你比较白痴，要是我是钟晴也不会想和你约会。嘴上说，是吗？那我去试试吧。转念又补充了一句，没约到的人替对方做值日。菠萝头极不情愿地答应了，因为他已经约过了一次，而且毋庸置疑地被拒绝了。

现在钟晴就在夏伊扬的眼前。他目测了她的身高、体重、胸围、腰围还有刘海弧度。比之前知道的钟晴要具体得多得多。好比下嘴唇边缘有一颗很浅的痣，睫毛很长，右耳有三个耳洞，戴了简单的银质尾戒，说话的时候会不自觉撩一下头发，身上有果味香水的香氛因子上蹿下跳。还有就是当钟晴和他说第一个字的时候就了解到他会和菠萝头的命运一样，被毫不犹豫地拒绝，显而易见年级第一美人钟晴对他没 feel。

可是钟晴还是超出了他的预料。

她似乎在困难地回忆着什么，这种状态保持了半分钟，在这半分钟里夏伊扬觉得他的心仿佛被黑洞吸了进去又抛向另一个宇宙。

她突然醒了过来说："啊——"

宇宙爆炸了。

"王梦超，对，他和你同班吧？他先约了我，我决定和他去了。"

宇宙毁灭了。

可是面子之神仍屹立不倒。夏伊扬半眯起眼睛，迅速展开魅力巨大的笑颜："他人不错，你们玩得开心。"还没等钟晴回答就笑着挥了挥手，转身走掉了。

学校在二年级的走廊里安了薄荷色的窗帘，不一样的是，布面很新，接近鲜嫩的黄绿色。在夏天还很浅的时候，窗外有些黏腻的风将鸡尾酒色的窗帘吹起，再放下。从钟晴的角度看过去，夏伊扬的背影若隐若现。头发有些长了，齿轮形的墨黑发尾扎在白衬衫的衣领上，很显眼。

钟晴用戴简单银质戒指的左手一下一下摩挲着右手手腕，一道道鲜红的血印藏匿在袖口下面。

疼痛的时候想被你拥抱，悲伤的时候想和你亲吻。究竟是想要片刻的温存，还是长久的想念？被冰冻住湖面，荷花伸不开枝叶。

夏伊扬将篮球狠狠地往菠萝头身上砸，对方一个闪身避开了。

"哈哈，你怎么敌得过本少矫健的身姿？"菠萝头很芙蓉姐姐地扭了扭腰，"等等就得去和钟晴小妞约会了哦。"开始得意洋洋地笑，"你就和那个死胖妞一起做值日吧。"飞起一脚，挑衅般地把篮球踢到夏伊扬的脚边。

林一朵坐在菠萝头前面，而值日生的轮换是按照座位表分的。

夏伊扬深吸一口气，初夏下午三点的大太阳照得他睁不开眼睛，他若有所思地拍着球，他想回家了，回家睡觉或者看灌篮高手，都好。

　　这个时候林一朵正好提着水桶和墩布从教室里走出来。她看见夏伊扬，放慢了动作。她看着他在阳光下眯着眼睛，他的表情有一点沮丧。

　　夏伊扬睁开眼睛，看见林一朵，对她笑了一下。林一朵赶忙把头低下。

　　"真可惜，今天你不能跟王梦超一起值日了哎。"夏伊扬保持着笑容，慢慢朝林一朵走去，"他把任务交给我了。"微风在窗帘舒展的间隙逃进走廊。

　　林一朵快把头钻到衬衫领子里了。

　　"嗯……你是叫林一朵，对吧？我看过校报上你的文章。不错哦。"夏伊扬走到林一朵面前，她站在了他的影子里，只要翻一翻眼皮就能看见他的长睫毛和漆黑的瞳孔。

　　林一朵不知所措了起来，她从来没有离他这么近过。他身上阳光般的香味几乎将她围拢。她有一些晕眩，什么也说不出口。她几乎想逃走了，她不知道为什么自己会这么没用。她的脑子里出现了钟晴甜美的笑容，还有夏伊扬看她的眼神，像伸进胸口的一只手，将心脏牢牢揪住。

　　无法变成钟晴，无法成为钟晴，无法复制钟晴。

　　"哥。"

　　有人来解救她了。

　　林一朵回过头，发现一个清瘦的男孩子逆着光朝自己走来。走近了才看清，他的额发很长，细细碎碎，几乎遮住了大半张脸。削尖下巴，线条很硬朗，但是算不上好看。他在右耳塞了一只白色耳麦，臃肿的破背包像吸在身上的树袋熊。

　　走到眼前，他抬起头开始和夏伊扬说话，并且顺便用余光扫了林一朵一眼。

　　"夏志勋，你怎么还在学校呢？"夏伊扬温煦地笑着问整整比他矮了一个头的弟弟。

"在图书馆看了一会儿书。"不知道为什么，林一朵总觉得夏伊扬的这个弟弟讲话很奇怪，有种让人听了很不舒服的口音，但又说不出像哪个地方的方言。他说话很慢，好像把每个字都咬得很清楚，但其实他说得并不清楚。

夏伊扬伸出手摸了摸夏志勋的头，他的发色很淡，有一层淡淡光晕的亚麻色。

夏志勋冲林一朵笑笑，然后望着他哥哥说："这是？"

"今天和我一起值日的同学，叫林一朵。"

"你好。"夏志勋伸出手要和林一朵握手。林一朵睁大了原本也并不大的眼睛，惊奇地望着夏志勋。因为有人居然如此郑重其事地和自己打招呼，况且他还是夏伊扬的弟弟。

他的手一直悬在空中，脸上一点也没有尴尬或者不耐烦的表情。林一朵闻到空气里有清甜的栀子花的味道。

林一朵看着他的眼睛。然后腼腆地笑了。她用她藕节般的手指拉了拉他在半空中充满期待的手。

"你好。"

"今天要做值日啊？"

"是啊。"明明是对着林一朵说的，可是却被夏伊扬接过话头，"唉，哥哥还要值日。要不然你先回去吧。"

林一朵看着夏伊扬为难的表情，仿佛软肋被击中般，切切诺诺地用蚊子般的声音说："你和你……弟弟一起回家吧。值日……我、我来做就好。本来我和王梦超一起值日的时候，他……也要去篮球社活动。我一个人……能、能做得来。你先回家吧……"

夏伊扬一边在心里暗想，死菠萝头周五根本就没什么社团活动，一边迅速地揽过夏志勋的肩膀。

"那谢谢你了。下次有什么忙尽管说。"

林一朵看着两兄弟的背影，轻轻笑了起来。她拉起校服裙摆露出实力惊人的火腿肉，仿佛脑门上多了个花环，抱着拖把柄转着圈移动进教室。然后叉着腰，鼓起脸，大喊一声"元气！"开始了史上最卖力值日生劳动演出。

她像搓麻绳一样拧拖把，像打探照灯一样倒垃圾，像给黑人拔牙一样擦黑板。在空无一人的教室里跑前跑后舞刀弄枪，完全没有一点倦怠的意思。而且满脸堆笑，横看竖看都像马上要升级成皇太妃的容嬷嬷。

当"容嬷嬷"快要完成她三分之一的丰功伟绩之时，教室门被推开了。

细长眼睛的清瘦少年斜靠在门框上，嘴角上扬。

林一朵循着声音回过头去，又是夏志勋。他还戴着那一只白色耳麦，耳机线藏在军绿的背包里。头发有一些湿了，似乎出了一点汗，不是跑过来的吧？

"又见面了。"

"你……你好。"对方不是夏伊扬，林一朵还能克制得住。没有把脑袋塞进胸部，也没有把脸蛋红成屁股。

他友好地笑笑，晃了晃手里的书。依稀辨认得出书名，叫什么《第三谎言》，貌似很高深的样子。

"把今天刚借的书忘在教室了，回来拿。"

"你哥哥呢？"时刻惦念。

"他先回去了。我想现在也不赶时间……"夏志勋慢慢走过来。他的影子还不足将她笼罩其中。他的身上有和夏伊扬同样的味道，可是放在他身上就能清晰地分辨出来是衣物柔顺剂的味道，而不是阳光的味道。

他环顾了一遍教室，说："剩下的我们一起做好吗？"音调温柔地上扬。

林一朵张大的嘴足以塞下一打煮鸡蛋。

"哈哈。"他像夏伊扬对他一般伸出手揉了揉林一朵的额发。林一朵再次受到了惊吓，并且用羚羊躲美洲豹的速度闪开了。对方明明比自己小。而且她知道她的额发已经被汗浸湿了。夏志勋的掌心现在一定沾上了自己的臭汗。

可是夏志勋仿佛完全不在意似的继续将林一朵的头发揉得风生水起。

"我啊，不希望哥变成不负责任的人。"

暮色上演独幕剧，道具是一道道扑入眼底的红色暖光。

这个世界上有一种男人和总统都爱说的体面话，叫借口。

夏伊扬背着吉田耀司的蓝色格纹书包，一个人形单影只地走在以落日为背景的空旷校园里。

他的外表看起来深沉无比，仿佛在思考着怎样预防第三次世界大战。其实内里格外丰富，充斥着菜场阿婆每天都会深思好几次的念头。

"夏志勋那小子，还想和他一起回家打游戏呢，居然和我说临时有急事，走了！"

"菠萝头那白痴居然也能交上好运，怕是他这辈子的运气都用光了吧。"

"不过最可气的还是那个一肚子坏水的钟晴小丫头，她究竟在想什么？大概只有变形金刚能知道。"

正想着，夏伊扬突然看见了一个最意想不到的人——他看见钟晴一个人坐在龙爪槐投下树荫的花园里，没有变形金刚也没有菠萝头守护左右。她没有穿轮滑鞋，也没有戴护膝头盔，还是早上见到的样子，穿着白衬衫和红格子的校服短裙。

钟晴在微笑，发自内心的自在笑容。仿佛整个世界的阴霾都将在她清澈的眼睛里融化。发顶和耳根，残存在指甲盖上的透明甲油，膝盖上开始退却的淤青都被暮色染成温润的橙红色。因为微笑轻微嘟起的嘴唇，仿佛镶嵌在蛋糕上的一颗镀了金的草莓。

为了不打搅到他亲爱的钟晴，夏伊扬尽可能轻地悄悄坐到她身边。

花坛边缘突起的尖石头，被他一屁股压扁。这么大逆不道破坏公物的后果就是——一声惊叫。

钟晴大笑了起来，但是眼睛不去瞧他。跟着夏伊扬的脸像红绿灯一样变幻莫测。钟晴笑着笑着终于慢慢安静。

"爸爸要来接我。"

"怎么没去约会？"

非常有默契地异口同声。

"哦……爸爸要来接你了。所以没和王梦超去约会。"

"不，爸爸来不来接我都不会和他约会。"

"为什么？"

"骗你的。"

"哎哎，不带这样的。"

钟晴笑得像个小恶魔，笑容像滴在石板上的水滴，逐渐晕开变深。没有任何防备地，她伸出小恶魔的爪子在夏伊扬脸上狠狠拧了一把。

仿佛听得见夏蝉打哈欠的声音。夏伊扬这次没有惊叫，而是扬起脸慢慢对钟晴展开一个很蒙娜丽莎的笑容，然后不紧不慢地问："手感如何？"像是阔太太在专卖店询问最新款 LV 手袋的皮质如何。

"很纯正。"

她没有给夏伊扬留空隙，立马接着说："我走了啊。"便提着书包蹦蹦跳跳地跑出花园，走到门口的时候又突然回过头："如果下次心情好的话……可以答应和你约会。"

整个晚上林一朵只喝下了一碗蔬菜汤。妈妈那边，以"今天和同学在外面吃过了"为借口蒙混了过去。这个借口不长久，林一朵知道。所以她决定鼓动妈妈帮她报个放学后的补习班，反正物理实在也不是很好，正好可以补习补习。这样就可以在外面吃晚饭了，而在外面吃晚饭的话就能由自己决定吃什么。再来是午餐便当，多出来的卡路里高的食物可以给熙熙吃，她很爱吃，而且她瘦得和鱼竿上的钓线没什么区别。早饭的话倒没问题，杂志上说早饭吃得再多都没关系。

以上是林一朵的减肥计划第一季，当然有没有第二季和第三季还得看收视率……

晚上回家的时候是夏志勋送林一朵到车站的。学校到林一朵坐车回家的公交站其实没有几步路，走得快的话也就五分钟，可是林一朵和夏志勋两个人却走了将近半小时。主要原因归咎于夏志勋的鼻子太灵，总是能闻到这样那样的食物的美妙香味，然后便不能自持、无法自拔、恋恋不舍、相思成灾……

从炒年糕到里脊肉，从炸酱面到酸辣粉，从芒果沙冰到鸳鸯奶茶……吃得夏志勋快要变成林一朵的接班人了。并且最让林一朵不能理解的是，夏志勋总是试图让林一朵吃他买来的任何东西，即使只吃一口也能让他开心很久。林一朵觉得夏志勋是个小孩，并且轻微腹黑……

因为呢，从来没有任何一个男生，能与自己单独相处那么久还没有不耐烦；从来没有任何一个男生，注视自己的目光能那么长久；从来没有任何一个男生，帮自己做过值日。从来没有任何一个男生，请自己吃过东西。

这些品种繁多的"从来没有"给林一朵的唯一启示就是，夏家的男生待人接物都好有礼貌，并且不会因为外表就疏远自己。在林一朵的观念里，弟弟如何哥哥就会如何，并且还有可能比弟弟做得更好。

夏志勋问林一朵要了手机号码，并且也把自己的留给了林一朵。他对林一朵说："晚上会给你发短信。"仍旧是音调怪怪的说话语气。林一朵"嗯"了一声，然后心里开始构想怎么才能委婉地不被夏志勋察觉到任何端倪地问他要到他哥哥的号码。

其实要到了，对林一朵来说也没有任何用处。她没有丝毫勇气主动出击，想要号码也只是想存到自己的手机里，好在稀疏的通讯录里看到他的名字。

看到你的名字，像夏天一样的名字，就仿佛看到了你对我为数不多的亲昵。

洗好澡林一朵习惯在阳台上做高抬腿，一连十个做得上气不接下气。所以林一朵经常幻想能戴着氧气面罩做运动，但是这个奇思妙想被爱穿兔女郎装扮的表妹大大嘲笑了一番。

正想着，玻璃台上突然发生地震。还好震级较弱，只是一条短信。来自夏志勋的守约短信。

林一朵直抵中心按了一下摇杆，短信能融进眼底。有两行字——

"今天你陪我吃小吃真的很开心。"

"以后发短信就好，任何事都不要给我打电话。"

要是在其他时候林一朵可能就会礼貌性地回一下上面那句。可是今天与夏志勋的相处让她莫名地有了许多亲近感，所以她决定再多嘴问问第二句：

"今天谢谢你能帮我一起做值日。"

"至于不能打电话的事，是为什么呢？"

发完这条短信，林一朵又去阳台上做她剩下的几组高抬腿。做完了进屋，发现还没得到回复。然后林一朵开始背英语，背古文，做课外数学题，整理 CD 架，喝脱脂牛奶，上大号，洗脸刷牙，看言情小说。

在她终于看到男主角和女主角要生离死别的时候，玻璃台上又传来震动。林一朵安下心来，可是还是不能平静，直到她看见来自夏志勋的这第二条短信，只有一行字——

"我听不见啊！"

钟晴回到家里妈妈还坐在餐桌旁，钟晴很惊讶她的母亲是不是在玩 Cosplay，怎么和一脸肃穆的包青天那么像。当然啦，钟晴的妈妈是好莱坞版的包青天。虽然老了，她的皮肤还是很白，并且她的确长得很好看。她比钟晴多许多女人温文尔雅的韵味和气质。钟晴和她长得很像，可是她和她的长相不像，一点也不像。

钟晴佯装出乖巧的模样，甜甜地说："妈，还在等我吗？"

"哼！"女人不屑地挑了挑眉毛。

020

"怎么了呀？妈，我就是和同学出去唱个歌吃个饭，怎么又不高兴了呀。"

"屁！"女人站了起来，疾步走到钟晴面前。她穿着高跟鞋，要比钟晴高出许多。钟晴站在她身下，仿佛有巨大的压迫感。

"今天许阿姨看见你上了你爸的车。"

"没有啊，妈，怎么会呢？她看错了吧。"

"她看错了？！"女人的语调充满鄙夷。

钟晴仿佛突然变了个人似的，她青春洋溢的姣好容貌突然逆转成了一个极度丑陋女人。这种丑陋来自仇恨。

她非常大声地说："对！"

女人扬起手掌狠狠地扇了钟晴一巴掌。

夏伊扬的爸爸是一个很大的集团总裁，这并不奇怪，从夏伊扬鄙视乔丹鞋，喝水只喝依云这些无关痛痒的生活细节上就能看出来。而他的弟弟，夏志勋，之所以能整天塞着一只白色耳机，不管上课下课都能一直戴着的原因在于那个根本不是耳机，而是假装耳机的助听器。

夏志勋是聋哑人。夏爸爸通过黑的、白的、紫的、红的各种手段，终于把他弄进了和夏伊扬同一所重点高中，而不是聋哑学校。虽然经过训练和努力已经能正常说话了，但语调还是怪怪的。他的助听器其实也没什么大用场，除了一些非常尖锐刺耳的巨大声响以外什么也无法帮助他听见。他是靠读唇语知道对方在说什么的。

在钟晴得到那一巴掌的赏赐的同一瞬间，夏伊扬坐在书桌旁从抽屉里拿出一只平时不大用的手机，里面的 sim 卡是一张不常用的卡，没有几个人知道这个号码。他用这个手机给钟晴发了一条短信：

"我是你隔壁邻居王二麻子的同桌的妈妈的同事的女儿的男朋友的姐姐的后桌。"

"我喜欢你。"

发完之后夏伊扬也自觉没趣。他抛起手机让它在空中来回做后空翻，过了一会儿他又拿出自己常用的手机，给钟晴发了一条短信：

"这礼拜天一起去海洋公园吧。"

"By——夏伊扬。"

与此同时夏志勋在自己的房间里上网，他打开一个叫"像夏天一样"的blog，打开页面的时候整整卡住了一分钟。他发现博客上又有了一篇长长的更新，是描写一个女生暗恋一个男生的非常微小的、细节的累述。显然写的时候很兴奋，这篇和之前那些美美的独具匠心的小散文都不大一样。可是夏志勋还是被感动了。因为他能感觉到这个写blog的女孩藏匿在心里的深深的自卑，就和他一样。

夜深了，他把两只助听器都戴上，站到窗边看着外面霓虹闪烁的街道。能传到耳朵里的声音还是很微弱，假如空气和灰尘会互相聊天，那么夏志勋听见的就仿佛是空气说话的声音。

一如林一朵每次低着头红着脸说"嗯"的声音。即使看不见你的嘴型，还是能听见你说话的声音。像风一样轻，像天空一样透明。

作者简介
FEIYANG

金子棋，1989年生，是与双子速配的天秤座。喜欢的作家有泰戈尔、杜拉斯、顾城、郭小四。喜欢J加美少年，并有轻微正太控。(获第十届新概念作文大赛一等奖)

022

失声  ◎文/杨雨辰

一

　　莫小洁的声带动手术的前一个星期，还跟周海乔吵得脸红脖子粗，他们一人一句，就那么没完没了地吵下去。莫小洁当时恶狠狠地说周海乔你上辈子是不是哑巴，少说一句你会死吗？然后在心底诅咒周海乔去死吧去死吧。

　　莫小洁真的很不理解为什么一个男人还会有如此严重的洁癖。周海乔的房间，窗台、桌子、书架、床头柜每天都擦得纤尘不染；窗帘半个月拆下来洗一次；一摞一摞的书分好类，按照从 A 到 Z 的顺序排在架子上；床单几乎找不到一个皱褶，被子叠得像切过的豆腐块一样靠在床头；他每天晚上扫一次擦一次，完了还得点上蜡烛薰香；周海乔的衣服，每天都要换，所以阳台上晾的都是他的四角裤牛仔裤 T 恤衬衫；周海乔还喜欢用 CK 啊 ARMANI 啊 BURBERRY 的男士香水把自己也喷得香香的。

　　于是周海乔常常让莫小洁觉得很崩溃。他像莫小洁她妈一样，问她"莫小洁你什么时候去洗澡啊""莫小洁你的衣服该洗了吧""莫小洁你的屋子该整理整理了吧""莫小洁你房间的地板是不是该做清洁了"诸如此类的问题。莫小洁嘴上含含糊糊地敷衍过去，依旧脏衣服

堆积成山，整个房间像刚被小偷洗劫一番。周海乔在到了忍耐的极限的时候会自动进到莫小洁的房间做好清洁工作，并感叹为何她如此的名不副实。莫小洁也回敬他：你倒是名很副实啊，真的很女人。

确实，周海乔名字的原因，莫小洁真的以为周海乔是个女人，还得是个安妮宝贝笔下那种忧伤、独立又前卫的新时代女性，所以她才揭下了周海乔贴在安源小区门口那块公告板上的合租启事。因为莫小洁感冒上火，咽喉肿痛，所以他们只用发短信的方式把一切都谈妥了，两个人见面后才知道自己都搞错了对方的性别。有点离谱，两个人面面相觑感叹唏嘘一阵，但还是维持了最初的决定。

莫小洁大刀阔斧地把自己的电脑、书、一床被褥、一只快要秃了毛的毛绒大熊和若干护肤品以及几大箱夏天冬天的衣服裤子搬到了新居，全都堆到客厅，莫小洁自己捧着苹果抱着笔记本在沙发上看肥皂剧看得很开心，虱子多了不痒。倒是周海乔抓狂了一下午，还是花了几个小时帮着莫小洁把所有东西都整理到她的房间。

之后两个人就过起了战火硝烟的生活，常常因为扫地拖地的问题吵得不可开交。本来商量好的每周一三五日周海乔做家务，莫小洁周二四六，这已经是周海乔做了极大的牺牲和让步的不平等条约了，但每次轮到莫小洁的时候她就会说"哎呀我的稿子还没写完呢我要回屋子去赶稿啦明天就截稿了扫地拖地这样光荣而艰巨的任务就交给你了"。一句话一气呵成，让周海乔怀疑她是不是已经在下午的时候对着镜子练了几个小时。而关于那句话的真实性，事实上周海乔明明在吃饭之前看到她用电脑看《越狱》来着。甚至最恶劣的行径就是莫小洁躺在床上说自己刚好生理周期，可能这一周都不能再做剧烈的运动了，还假装很过意不去地跟周海乔说抱歉，可随后的一个小时就精神亢奋地跑下楼去观看一场家庭主妇间因为鸡毛蒜皮的小事而引发的激烈争吵，还美其名曰去体验生活，积累写作素材。

莫小洁是自由撰稿人，整天在日上三竿后蓬头垢面地醒来，窝在电脑前面噼里啪啦地打字。饿了就吃点一星期前就储备好的康师傅香辣牛肉面，不然就是五谷道场，或者统一好滋味上汤排骨面，总之超市里各种牌子各种口味的方便面，莫小洁都吃了个遍，实在吃不出什么新花样就偷几片周海乔买来放在厨房的青菜和冰箱里的一枚鸡蛋丢到碗里，算是补充营养了。

周海乔开始以为莫小洁是潦倒的自由职业者，生活拮据，还经常在下班以后带她去打打牙祭，要么就是接济她点吃的。后来周海乔发现根本不是这么回事，莫小洁只是有钱懒得花而已。当莫小洁过生日时问他"你想去吃鲍鱼还是大闸蟹，我请你啊"的时候，周海乔就确定自己错了，错得很彻底。勤劳致富的小白领周海乔怎么也想不通自己整天在公司累死累活怎么就没整天泡在家一事无成的莫小洁出手阔绰。

周海乔是外企小职员，朝九晚八，不定期加班。一天至少一半的时间在外面。但从来不断餐，胃口甚佳。身体倍儿棒，吃嘛嘛香。典型的具有洁癖的处女座男人。最大的爱好就是周末在自己的房间做大扫除和挤兑莫小洁。

纯洁无害的同居关系如此持续了大半年。

二

事情发生的那天刚好是周日，莫小洁和周海乔难得凑在一起吃了顿火锅。吃过午饭后，莫小洁就感觉嗓子又沙又哑，火烧火燎的就像谁举着打火机在她嗓子里点烟抽。莫小洁本来想清清嗓子算了，结果就剧烈地咳嗽起来，她跑到厕所的马桶边上，差点干呕出来，周海乔在她后边轻轻拍她的背。莫小洁嗓子眼甜腥甜腥的，她下意识地用手捂了下嘴巴，结果发现咳出来的都是血，就跟电视剧里演的中剧毒、病入膏肓的男主角女主角们一样。莫小洁从小就晕血，腿一软就瘫在地上，半晌才"哇"地大哭起来，没出息地抱着周海乔的腿说"我要死了我要死了"。周海乔愣在原地，也是缓了半晌才回过神来，连拖带扯用了十分钟才把莫小洁从地上捞起来，又半拉半抱着带莫小洁下了楼。

坐在出租车上时，莫小洁腿抖得像筛糠似的，她无限发挥她天马行空的想象力，她想起她一篇小说里面的女主人公被男主人公无情抛弃后，精神崩溃，罹患绝世疑难杂症，久治不愈，病入膏肓，最后郁郁而终，男主人公无比悔恨跪在女主人公坟前痛不欲生捶胸顿足以头抢地。莫小洁伤心地想，我连我的男主人公还没出现呢我就要死了，我还有好多事没做呢，我想去西藏想去西双版纳想去泸沽湖想去丽江……还有好几家杂志欠着我稿费呢，还有几篇未竟稿，不会就成了绝笔吧……

之后莫小洁的脑海里闪现"英年早逝"这四个字，哭得更厉害了。周海乔坐在莫小洁边上汗如雨下，一边拍拍她的肩膀，一边还用很苍白无力近乎嗄哑的声音安慰莫小洁说没事的没事的。莫小洁一把鼻涕一把眼泪地全蹭在周海乔的衬衣上，左胸前的衬衣口袋亦被她蹂躏得皱皱巴巴，这回周海乔吭都没吭一声。

结果出来的时候两个人都长长松了一口气：声带息肉。医生说大概是由于用嗓过度或者发音方式不正确而引起的。莫小洁心想这多新鲜啊我这么说了二十几年话了，是不是因为前一个星期说周海乔是哑巴遭到了报应？周海乔在一边不阴不阳地哼了一声，冷嘲热讽说肯定是整天叽里呱啦说太多了。两个人又没完没了地陷入似乎永无止境的争吵中，谁也不肯收声。

手术前的几天，周海乔没收掉了莫小洁的方便面们，还有几瓶辣酱，天天给莫小洁做诸如紫菜、萝卜、陈皮和桃仁，或者山楂、陈皮和红糖，或者桃仁、杏仁、花生和芹菜为原料的"紫桃萝卜汤""山楂陈皮汤""桃杏仁凉菜"等奇怪汤类组合。弄得莫小洁看见周海乔用来煲汤的小砂锅就想吐。

三

手术前一天晚上，莫小洁死命地拉上周海乔陪房，声泪俱下说自己一个人多么多么不容易，现在搞不好就要客死他乡了，又不敢告诉家人。周海乔很无奈地在她边上的病床上蜷了一夜。莫小洁入睡后的表情让周海乔仅存的那点同情心开始泛滥，他甚至觉得莫小洁跟他以前养过的一只被别人抛弃的小猫很像，半夜帮她掖了好几次被子。

第二天早上莫小洁躺在病床上紧张得光想上厕所，一个小时之内就上了五六次。周海乔说不要紧张，是全身麻醉啊，不会疼的。莫小洁转过头去用杀死人的目光瞪着他说你怎么知道不疼啊你又没有试过，你这纯属是站着说话不腰疼。周海乔面部表情抽搐，但又不能跟她吵架影响她的情绪。莫小洁喃喃自语，万一麻醉过头了，我变傻了怎么办。然后又嘟囔着万一出现什么排异反应和医疗事故之类的事情怎么办啊。周海乔心想莫小洁你有没有基本常识啊，又不是器官移植。莫小洁立马敏感地说你那什么眼神，周海乔"呃"了半天也没找到合适的话来反驳她。之后莫小洁大义凛然地挥挥手，说："你该干吗干吗去吧。"周海乔无奈地说："好吧……我去上班。"

护士们把莫小洁推进手术室的时候，周海乔看到她的眼神绝望，就像革命时期英勇就义的解放军战士似的。

手术后，莫小洁躺在床上挺尸。医生说，要仰卧四小时。莫小洁摸摸还没有完全消除麻醉效果的脸，无比惆怅。给还在上班的周海乔发短信：

"结束了。"

"感觉怎么样啊？还好吧？"

"胸口有点疼……"

"莫小洁你没事吧？？"

"我……"

"怎么了？"

"想吃烧烤。"

四

在禁声的两个月里，莫小洁和周海乔的交流全靠一个便签本和一支笔。冰箱上、桌子上、椅子上、墙上、电视上、鞋柜上到处是莫小洁贴的黄色的便笺纸："帮我买本《瑞丽》""今天带点水果回来吧，我想吃葡萄""我的洗发水用完了"……铺天盖地而来的都是：即日，莫小洁留。

禁声期中内心极度空虚的莫小洁同情心泛滥，在逛菜市场的时候竟然还从卖海鲜的小摊上花了二十多块钱买回来一只小乌龟，还给它取了名字叫"小扁"。周海乔回家的时候莫小洁正把手伸在盆里逗小扁，小扁的头缩回壳里，莫小洁就笑。然后周海乔发现秃头小乌龟栖息地是自己的脸盆时，当场僵化。吼了一声"莫小洁——"之后，莫小洁回过头来用夸张的嘴型不出声地问他"怎么了"，周海乔垂下头，说："没事儿。"

但莫小洁更变本加厉地往家里带水产品，鱼啊、虾啊、螃蟹啊全都拎回来放到周海乔的脸盆、脚盆或者碗里。周海乔忍无可忍，买了个大鱼缸回来，插上氧气棒，被迫地开起了非珍稀生物水族馆，才避免了在准备盛饭的时候看到自己放在橱柜的碗里多出了一只张牙舞爪的龙虾。莫小洁只管买，给水产品们买食物、喂食啊、换水啊、清理鱼缸啊自然都是周海乔的事情。但后来该死的都死掉了，只剩下小扁一个生命力顽强地顶着一身因长时间泡在水里而长出的绿毛，在鱼缸里欢快地游着。

莫小洁依然懒惰，嘴馋。甚至有次因为一次性吃多了麻辣烫和刺激性的食物诸如水煮鱼和酸性饮料番茄汁导致伤口出血。又是周海乔拖着正在天马行空、泪流满面、悔不当初的莫小洁跑到医院去。

女医生嗔怪着莫小洁这都什么情况了怎么还这么贪吃呢，转头又说周海乔应该好好照顾自己的女朋友才对。周海乔急忙说她不是我女朋友，她是我妹妹。莫小洁坐在原地闷不吭声心想你用得着这么急于跟我撇清关系吗?

后来周海乔借以能随时向医生咨询莫小洁的病要了女医生的名片,并且平均每天致电女医生三次询问关于声带息肉的术后保养和食疗的问题,莫小洁才明白了周海乔这个浑蛋明明根本就是醉翁之意不在酒。

三个星期以后,漂亮的女医生唐莹就成了周海乔的冠名女友。莫小洁无声地发出抗议,在纸上义愤填膺地写下:"你们这是暗度陈仓,落井下石,用我的声带换回来你们的无耻爱情。"周海乔瞥了一眼,顺手用便笺纸从他手里到垃圾桶之间划出了一道完美的抛物线,之后继续哼着歌把碗洗得"吱吱"响,并假装没有看到莫小洁的气急败坏、血脉贲张。

五

周海乔视莫小洁的抗议为空气,依然如故,甚至变本加厉,每天专门趁着莫小洁在客厅看电视时跟唐莹煲一个小时以上的电话粥,聊到天文、地理、人体奥秘,天多高地多厚,海可枯石可烂天可崩地可裂,我们手牵着手牵着手肩并着肩并着肩,永远有多远你爱我变不变。听得莫小洁浑身鸡皮疙瘩都掉了一地。

唐莹到周海乔和莫小洁的房子参观的前一个星期,周海乔每天都尝试做很复杂的菜式,蒸炒煎炸小火慢炖,让莫小洁想起《食神》里面史蒂芬·周和唐牛在食神大赛上的降龙十八炒、打狗铲、超级无敌海景佛跳墙以及黯然销魂饭。莫小洁不得不承认,周海乔做出的饭菜确实很销魂。

前一天看了恐怖片的莫小洁,被梦里的鬼阴魂不散地追了一晚上以后,第二天早上醒来的时候,腰酸背疼,刚从屋子里蓬头垢面地出来就看到了坐在客厅沙发上的唐莹,一眼就能看出来她精致的眼线眼影,暖色调的衣服搭配得很入流,整个房间都和暖起来,安娜苏的甜香味道钻到莫小洁的鼻子里,差点儿打个喷嚏。她想这个女人跟周海乔还挺配的，都那么爱洒香水把自己搞得香喷喷的。

　　莫小洁冲唐莹简单地点点头，趿拉着拖鞋到厕所去洗漱，关门之前还听到唐莹轻声对周海乔说你妹妹天天都起这么晚啊。周海乔笑笑说是啊，她搞创作的嘛，晚睡晚起。唐莹说哦，这可不好啊，晚上刚好是肝脏排毒的时候，影响身体健康，对皮肤也不好啊……莫小洁看看镜子里自己满嘴泡沫、双眼浮肿、牙龈出血、肤色暗沉、印堂发黑。突然觉得难过起来。

　　周海乔和唐莹两个人就在客厅看了一下午电视，傍晚又手拉着手一起去买菜，一起回来。莫小洁没有踏出房门半步，把自己锁在屋里面码字，效率从来都没有这么高过。

　　"哎——莫小洁，你过来给我打下手。"莫小洁刚在沙发上坐定，周海乔就冲莫小洁喊。

　　莫小洁走过去推了周海乔一掌，熟练地站在他边上剥蒜、掰葱、剁肉馅，两个人跟平时一样配合默契。周海乔就打趣地跟唐莹说莫小洁这丫头可没你聪明贤惠啊，她平时做什么都笨手笨脚的，就在厨房帮我打打杂还行，一辈子嫁不出去的主。唐莹笑笑，莫小洁瞪着周海乔，周海乔视若无睹。

　　葱爆猪肝、咖喱鸡、辣子鸡丁。都是周海乔练习了一个星期的成果，他跟莫小洁说唐莹是四川人，平时爱吃辣的。结果就做了一桌子川菜，就一小盘炒土豆丝是莫小洁能吃的。周海乔拿出三双筷子，说："我们开吃吧。"

　　吃饭的时候莫小洁只要一有要夹比较辣的菜的动向，周海乔就打开她的筷子，最后他说："哎，这个是我给唐莹做的，你嗓子动了手术，还想再出血吗？"转头又跟唐莹说，"哎呀莫小洁从来都好吃懒做，嘴巴馋得要死，要不上次怎么会弄得嗓子伤口裂开呢，嘿嘿，不过这样也就不能认识你啦，咱们还得谢谢莫小洁呢。"唐莹不说话，抿嘴笑了笑。

　　莫小洁突然阴着脸不出声地说我不吃了。周海乔说莫小洁你怎么回事儿啊。莫小洁从手边兜里掏出便笺纸上撕下来一小张写下我饱着呢不吃了不行吗，扔给周海乔。之后快步走到自己的房门前，进去以后"砰"的一声把门摔上。唐莹一脸尴尬，说海乔我先走了。周海乔追出去说小莹我送你吧。

路灯把两个人的影子拉得长了又短，短了又长。周海乔突然一把揽住唐莹，说："我们结婚吧。"唐莹低头浅笑，额前的发丝把周海乔的脸分割成很多块不规则的几何图形。她说，"让我想想吧。"莫小洁拉窗帘的时候刚好看到周海乔在唐莹的额头上亲了一口，想着这个男人真老土，现在应该流行的是法国式卷舌湿吻，那样才够深情，莫小洁小说里面的男主人公都这样，所以莫小洁很早之前就断言周海乔绝对不是可以做故事主人公的那种类型的男人。

莫小洁本来以为周海乔回来就会找她道歉，然后她会继续厚脸皮地告诉他其实她还没吃饱呢能不能帮她把饭重新放到微波炉里面热热端过来，周海乔会骂她一顿，但一定会在半小时之后把饭呈上来。可是周海乔一直到莫小洁睡着，都没有回来。莫小洁在睡前到客厅去端了杯开水，回屋的时候却不小心手一抖，把水洒到了胳膊上，烫得她眼泪突突地往外冒。

第二天凌晨归家晚睡早起的周海乔准备去上班了才发觉好像莫小洁屋里一直都没有动静。他推门进去就看到一张便笺赫然贴在莫小洁的床头上。莫小洁端正的方块字写着："我带小扁去九寨沟。勿念。"

周海乔打电话过去，关机。跑到阳台上去看鱼缸，果然空空如也。周海乔对着空空的鱼缸只看到水里小扁没来得及吃完的红色小鱼虫，和玻璃壁上倒映出的自己的脸。他给莫小洁发消息说莫小洁你给我回来。没有消息报告，信息状态发送暂缓。

依然是每天的朝九晚八，不定期加班。周海乔继续把窗台、桌子、书架、床头柜每天都擦得纤尘不染，床上、书架上都整理得井井有条。继续雷打不动地每周大扫除，每周两次和唐莹的例会、逛街，或者吃饭，或者看电影。只是少了一个莫小洁，周海乔开始变得越来越懒，学起莫小洁买了各种方便面囤积在家，砂锅、平底锅、炒菜锅统统封存在碗柜里。偶尔也会突发奇想会不会哪天回家打开碗柜的时候发现一只张牙舞爪的龙虾。周海乔买了很多种类的鱼放在鱼缸里，凤尾、虎皮、红绿灯、蓝剑、红剑、黑玛丽。但没有小扁的鱼缸里，所有的鱼都孤独地游着。

六

公元 2008 年 5 月 12 日 14 点 28 分 04 秒汶川发生八级大地震时，周海乔正坐在公司写字楼二十三层的电脑前面，想着晚上要吃速冻水饺、康师傅红烧牛肉面，还是干脆叫一份楼下小店的外卖。之后放在桌上的水杯里的水突然就晃出了杯壁，不知道是谁喊了句"地震了"，大家都纷纷往安全通道的方向跑。周海乔被莫名其妙地夹在人群中，看着男人女人们惊惶失措的脸，拎着公文包，提着高跟皮鞋，一时间没有回过神来。

到了楼下的时候。周海乔才想起是不是要给谁谁打个电话。然后猛然想到了莫小洁。九寨沟。四川。震中。

"对不起，您拨打的用户暂时无法接通，请稍后再拨。"

发送暂缓。发送暂缓。发送暂缓。

半个小时中听到无数次"对不起"后，周海乔差点产生幻听，以至于他刚刚放弃给莫小洁打电话就接到唐莹的来电时，闷不吭声对着话筒沉默了半晌。

"海乔，你没事吧。"

"哦，没事。"

"刚才我在食堂吃饭，很多人都跑了出去，站在空地上看着慌乱的人群我第一个想到给你打电话，可是一直都打不通……"

"呃……对不起，我刚刚在给我爸妈打电话。"

"我突然很害怕，你知道吗？那种好像即将失去了所有的感觉……"

"嗯，我知道。"

"海乔，我们结婚好吗？"

"……"

"海乔？"

"再让我想想吧……"

七

周海乔不得不承认，唐莹确实是个比莫小洁聪明的女人。她不会像莫小洁一样神经大条，不识趣，吵完架以后还涎着脸到客厅去蹭周海乔的晚饭吃。唐莹很明白周海乔的意思，所以两人就再也没联系，只有唐莹在作为志愿者到灾区去的前一天晚上，才发消息给周海乔说要走了。

保重。他说。

你也是。希望她可以平安无事。唐莹说。

但愿如彼。他说。

八

莫小洁扛着大包小包像难民一样回来的时候，周海乔正守在电视机前看新闻，不断在增加的一批批死难者数字和满脸悲伤的人们以及满目疮痍的废墟看得周海乔心惊肉跳。所以当莫小洁出现在周海乔视界里的时候，周海乔瞪大眼睛张着嘴巴，呆若木鸡了很久都没有回过神来。

莫小洁一跺脚对周海乔吼："愣什么呢？怎么这么没眼力见儿啊赶紧帮我拿东西。"

周海乔一步冲上去抱住莫小洁说："姑奶奶你吓死我了你没事儿吧？"

"周海乔你想干什么你啊放开我。"莫小洁狠狠踩了周海乔一脚，趁机闪开，然后背靠着墙，作出警惕的动作。

"你嗓子刚好，不要乱喊啊……呃……小扁呢。"周海乔在右脚的疼痛中恢复理智后面红耳赤地想要岔开话题。

果然莫小洁丝毫没有怀疑周海乔的反常动作和动机，跟周海乔的预想中一样大叫一声："哎呀小扁呢。"然后翻箱倒包地在衣服、裤子以及一大袋一大袋的膨化食品里乱扒，最后才在肥皂盒里找到奄奄一息的小扁，周海乔赶紧把小扁放回到鱼缸里，小扁沉在缸底，半天才缓回来神，在鱼缸里不亦乐乎地追着一尾热带鱼。

"哎，对了，来看看我从丽江带回来的好东西啊。"莫小洁兴奋地对周海乔说。

"你不是一直在九寨沟呢吗？"周海乔不解地问。

"什么啊，我没去成，本来是想买票的，没买到啊，顺便就去了丽江了。"

"手机为什么不开？"周海乔皱起眉头。

"别提了，刚到车站就被偷了，懒得买，反正没人联系我。"

"莫小洁……"周海乔拳头紧握，太阳穴开始"突突"地充血。

"怎么啦？"莫小洁一脸无辜地问。

"没什么，去吃饭吧。我给你做饭。哦，对了……"

"啊？"

"我和唐莹分手了。"

"哦。"

"那……那我们……"周海乔突然语塞。

"你想说什么？"

"我想说……我们……我们明天一起去给灾区捐款吧！"

"好啊！"

果然是个神经大条的女人。周海乔一边打开冰箱门拿出速冻水饺一边以莫小洁难以察觉的弧度微笑。他想如果非要很庸俗地给这种弧度下一个定义，那就叫幸福吧。

作者简介
FEIYANG

　　杨雨辰，女，1988年生，曾在上海读高中。（获第九届新概念作文大赛一等奖，第十一届新概念作文大赛一等奖）

上帝没有布娃娃 　◎文/薛超伟

　　我和陈潇霖蹲在汽车站二楼的窗口等车的时候，已经是下午两点钟。春运的霸气在这里有淋漓尽致的展现，人群熙攘，簇拥着这寒冷的冬天，有了春天的暖意。男厕所拥挤，一直在拥挤。原本我想，再等等吧，后来我看看手上两点半的票，我说此时不尿，更待何时？我让陈潇霖看着我们的行李，我直奔厕所。

　　厕所的阳刚之气是我始料未及的。烟和排泄物以及各种男人的特色气味混合在一起形成一股……一股榴莲、大蒜与生栗子的混合气味。至于以上物品混合后是什么气味，其实我也未曾感受过。所以我事实上做了一个累赘的比喻。

　　膀胱经过冗长的队形终于得到一个良好的释放，等我走出厕所的时候，却远远地看到陈潇霖一脸无辜一脸哀伤地看着我。

　　我走近了，她哭丧着脸说手机不见了。

　　我茫然四顾，拥挤的人群以及纷繁的行李，我觉得每一个人都有作案动机，手机根本不可能再回来了。我象征性地掏遍全身，也让陈潇霖摸遍了全身，果然没有她手机的下落。我看着她可怜巴巴地看着我，也不好发作，只好说，丢了就丢了吧，大不了再买个新的。末了，我又补充了句，要是让我知道手机在谁手上，我弄死他！

她马上一脸笑容地点点头。我知道她的难过是装给我看的，这个没心没肺的孩子丢三落四，从来不会为丢了什么东西而难过。

我们继续蹲在墙角等车。两点半的时候，我们仍然看不到电子牌上这班车的任何消息。我心里隐隐地感到不对劲了。又过了好一会儿，一个工作人员拿着大喇叭在那里喊："两点半到瑞安的，两点半到瑞安的……"

我们松了口气，拖着行李兴高采烈地上前去。未曾想，那个男人对我们说，这班车今天取消了。本来就是应付春运的需要而加的车，现在由于某某原因取消了云云。他说了半天我只了解到我们只能坐下一班次也就是明天的车回家了。

拿过那人手中的补票，我们拖着行李往外走。远离车站的乌烟瘴气是我刚才试图努力的目标，但是现在真的达到了，又觉得无所适从。我们又像蜗牛搬家似的拖着我们的身家在路上走。人一生总是背着这样的那样的重担在路上走，然后累了，嘴里就不由自主地丢出一句：自由……自由呢？

我望着远方，眼神深邃，说，霖，我们去开房间吧。霖用一种菜市场老大妈打量鲳鱼的目光打量着我，说，开你个头，应该说，我们找个地方安顿一下。我凝眉，点了点头。

走出车站没多远，忽有一群人马窜出，如夜奔之小贼，又如困窘之荒民，纷纷将我俩围在中间。我和霖呆立当场。我紧紧抓住霖，欲与这些匪徒拼个鱼死网破，没想到人群外伸出一双有力的手，将我们从牢笼中奋力拽出。逃脱的本能让我牵住霖就随着那英雄一路飞奔，跑到一个胡同口，才大汗淋漓地停下。我看着那人的侧脸，是个青年人，跟我们一般大，身子骨小小的。我心里不禁升起一丝自卑和很多的崇敬，却见那人转过身，气喘吁吁地说，要标间还是单人间？

要标间还是单人间？这段英雄独白十分独特。我和霖面面相觑。那人不耐烦地说，你们不是要住店吗？我恍然大悟，刚才那些贼人原来是拉客的，而这位英雄不过是拉客大军中的佼佼者。英雄形象一下子破灭了。我说，我们先看看房间。

　　小青年引着我们往里走。走了五个胡同，半条后街，最后在第六个胡同口回头说，里面就是了。我站在那里，陈潇霖紧张地靠在我背上，胡同里黑漆漆的。一切突然变得很可疑。我看看那个小青年的尖脸猴腮，突然想起八岁那年，我走了很远的路去打酱油，我说打一斤，那个同样尖脸猴腮的店主却给我打了八两，回来被妈妈骂了。就是这八两酱油，封闭了我的童年，我不再轻易相信别人，我站在时光的关卡口，一夜长大。

　　我紧紧拉着霖的手，跟小青年进了胡同，想不到，里面是几栋大楼。我们走进一栋大楼，幽暗的灯光，废置的装修，一切变得更加可疑。小青年引我们上了电梯，指尖扣动了十楼。我们在狭小的空间里静默着，呼吸静止，我和陈潇霖两手间淌着的汗水成为了这个空间里唯一流动的事物。如果这时候电梯突然强烈地抖动着然后急速下降，或者灯泡倏然熄灭然后传来青年狰狞的笑声，这些都好像是顺理成章的。

　　我胡乱地想着，脑中迅速闪过了三个计策：

　　如果歹徒将霖挟制，我就马上拔出手机报警；

　　如果歹徒将我挟制，我就叫霖跑出电梯求救，必要时我会抱住歹徒的左腿任他的右脚在我的脑袋上践踏，留下一个蜿蜒的疤；

　　如果歹徒妄图一左一右挟制我跟霖，那我就逼出九成的内力将歹徒轻易制服，然后在霖崇拜的目光中优雅地拿出苹果高仿山寨手机报警。

　　事实证明我只是虚惊一场。小青年一路上未有动作。

　　紧张过后的松弛，却携带着腼腆与尴尬。开了一间双人标间，两人远远地各自坐在床的一端。小青年出门的时候，我看到他的眼中闪过一丝鄙夷的目光，好像是在说：装什么装啊？

　　装 B 的氛围，牵扯着装 B 的夜。我在这个夜里，是绝对的正人君子。我躺在床上，《般若波罗蜜多心经》萦绕耳际，挥之不去，伴随我入梦。

　　夜里，我隐约听到细碎的声响，感觉到一种奇特的触感，我睁开眼睛，看到潇霖伏在我的身上，她裸着身子，仰起头妩媚地对我笑。我心头一惊，心想不会是做梦吧？于是翻了个身，没想到还真的睡过去了！

似乎过了好久，我又被一阵细碎的声音弄醒，我心想，是不是又有春梦等着我了？我期待地睁开眼，却看到一张模糊的脸。瞪着凹陷入骨的眼珠，对我喊，对我哭泣。那张脸好像丢帧的画面，一片片地剥落、涣散，那个有着一张风化的脸的女孩，向我挥手，向我告别。我感觉血液从心里汹涌着往喉头喷，舔舐着我的咽腔迫使我惊叫了一声。万物寂灭。

再次睁眼，天已大亮。陈潇霖拉开窗帘，朝我嫣然一笑，窗外霎时云淡风轻。我看着她在洗手间梳头，看着她对着镜子左顾右盼，回味着那个梦，突然产生了前所未有的恐慌。

是的，没有错，命运的轮盘终于转到了这里。

关于陈潇霖，关于我，关于我们的生活，其实都不是如你所见的那样——真实的、自由的。为什么这么说呢？话得从我和陈潇霖相识之日说起。

我刚进大学的那段时间，兴奋逐渐，霉运增多。首先是自行车在大路上跑啊跑突然一个轮胎叛逃而去我直接向大地斜四十五度激射而出；其次是跟了我两年的psp被偷了，凶手匪夷所思地留下了一个MP3给我；在食堂吃南瓜饼居然吃出了西瓜籽！

自从八岁的酱油事件之后，封闭的我就开始胡思乱想，我想，大地如果是万物的粪便堆砌而成的，那雨雪是不是天空的排泄物？我想，落叶如果是树的头皮屑，那么今年我种下我的脚皮，明年的春季是不是可以收获一条健美的腿？这些蠢事撑起了我童年的五彩天空。

我当时怎么也都不会想到，这一切的幻想都是有原因的。后来发生的事情，让我知道了，原来生活的荒唐恰好是一切的平衡点。

那天我在路上走，像往常一样低着头，眼角搜寻着前面的路。我敏锐的皮肤感觉到气温是25℃，空气相对湿度是50%，是个好天。

我悠闲地走着，学着那些痞子摇摇摆摆肆无忌惮，眼角不期然地瞥到了一双红白帆布板鞋，那脚的长度和大小都恰到好处。我心里一动，下意识地抬起头，然后……我就看到……好美……

你知道那是一种怎样的情景吗？你亲历过这种境界吗？天空下起了好美好美的崆峒花，天与地终于簇连在一起，挂满了红白相间的幕帘。我和那个女孩，那个后来我知道叫陈潇霖的女孩，四目相对，不能言语。在这个难以用逻辑去串联的意象中，"一见钟情"变得俗不可耐却又那么顺理成章。后来的陈潇霖许多次地在回想起这段过往的时候说，我真傻，真的，如果不是那场花雨蒙蔽了我的眼睛，你就是跪在大街上我也不会瞧你一眼的。

而我在对这段往事许多次的温习当中也感到迷惑不解，凭什么我就遇到那许许多多的怪事？凭什么我的生活就能轻易逃脱常人一辈子纠缠的平庸？直到我遇到了……他，真相才浮出水面。

跟陈潇霖交往的那些天里，我每天都生活在忽然而至的幸福感中，飘飘乎好像我老家后院的老九头，他每次去女儿家，他女婿总会招待他喝好多酒，喝完酒他就飘飘欲仙一路高歌而来，到家门口就摇摇摆摆高喊着："我老九，女儿，嫁得好！嫁得，好！"

我那天从校外的便宜超市出来，照例地哼着小曲，正要跨上车绝尘而去，却听旁边传来一个阴阳怪气的笑声。我循声看去，是个平常乞丐，不过他未免太年轻了，年纪轻轻好胳膊好腿出来行乞。却见他眯缝着眼睛，朝我笑着，笑得我浑身发毛才幽幽地开口，你知道我是谁吗？我脱口而出，神经病，我怎么知道你是谁，再说你是谁关我什么事？

那乞丐却又自顾自嘿嘿笑着，呢喃般地蠕动着嘴唇，断断续续的声音传进我的耳朵："我是个创造者，你，包括你生活的世界，都是我创造的。你可以叫我导演，也可以叫我作者，总之，我是神……"

我的下巴掉进了裤裆里。我涕泗横流，我说我总算见到了个比我还故我的幻想家了。

怎么，你不相信？那乞丐好像早有预料，他说，包括你的经历，你与这个世界格格不入的世界观，都是我为你设定的。

我撇了撇嘴，说，那个，上帝啊，上帝不救世，跑来超市门口睡午觉？我该说这个世界堕落了，还是说你是无厘头大师……

我话还没说完，让人难以置信的一幕发生了，这一幕收回了我前面说过的一切废话。那个乞丐掏出纸笔，快速地写了几个字，我周围的环境就开始模糊，好像冬天突然散去，夏天以数倍的凶猛势头狂袭而来，将我周围的一草一木尽数蒸发。很快，我的视野里只剩下了我自己和那个乞丐。不，乞丐已经不是乞丐。乞丐换了一身行头，西装笔挺，一头发蜡，五五中分，依然无厘头。然而这一切足以令人肃然起敬。

那人微笑，说，我叫谢明，你如果觉得这个名字太过世俗，我也可以叫"明·谢神"。怎样，这名字够大气吧？

谢神自以为幽默地哈哈大笑着，我却笑不出来。我定了定神，说，一切都是你干的？

谢神点了点头说，虽然我不知道你指的是什么，但是你的一切确实都是我安排的。

什么东西晃了我一眼，恍惚中我差点站不稳，我把肺里的气倾泻而出，我悲愤地喊，五岁以前所有的新玩具都必定在一个星期内坏掉即使从没动过；八岁的时候盼望了许久的小猫终于来到家里，当时我唱啊跳啊却眼看着它在门口被一辆路过的三轮车碾在轮下；十三岁的时候放风筝线断了风筝飞向了太阳，第二天却在窗前的书桌上发现了这个风筝让我百思不解；十七岁的时候以全市第一的成绩考入重点高中第二天却得了重病休学一年让人目瞪口呆……这一切的一切，都是你安排的？

谢神微笑地看着我，好像很满意这个结果，他点了点头。

我颤抖地回味着这一切，又用我所有的逻辑力和想象力去消化眼前的这一切，最后，我终于冷静地问，你为什么这么做？操纵别人的生命很有意思吗？

义正词严。

是的，太有意思了！谢神哈哈大笑，使我的凛然正气霎时瓦解。

谢神接着说，还有什么比操纵别人的生活更有意思的呢？谢神顿了顿，不再笑了，他阴沉地说，你以为，人应该有自由吗？在我的世界，我不是上帝，我也是一个被束缚的生命。小时候我很喜欢布娃娃，多羡慕那些女生能抱着好多布娃娃过家家，但爸爸却总给我买坦克玩具，买变形金刚，没有一次给我买布娃娃！

我听着，颤抖着，震惊着：这……这也太无厘头了吧？

于是你就把我们当做布娃娃，陪你过家家？

谢神合上眼睛，深吸了一口气，睁开眼，又一副笑嘻嘻的样子。

我二话不说，跪倒在地，我说，神，放我一马吧。

谢神满意地看着自己的作品，说，放过你，也不是不可以。我不会直接参与你的决定、思想，因为你的性格已在二十年的叙述中铺垫而成。我只会不断添加你生活的材料，你如果能走出我的结局，我就让文本独立，让你自由。

怎么独立？我抬起头，仰望着神，仰望着人类千年万年的信仰。

谢神大手一挥，慷慨地说，这是一场公平的较量，如果你能走出我的结局，我就停止对这个世界的描写，并把文本深埋地底，你的世界，将交由逻辑掌控。就像我的世界，早已步入逻辑运行的自由状态。就像那个霍金说的：上帝使宇宙爆炸后，便没有再做什么。

我郑重地点了点头，伏在地上，三顿首。

与谢神见面之后，我终于了解了世界的可笑之处，以前的那些幻想、对生活疯狂、诗意的妙解，都化成了烟云。什么公平的较量，走出他的结局，获得自由？跟上帝来场公平的较量？笑死我了！

我像烂泥一样，整天窝在寝室，学抽烟，学喝酒。我以前总认为吸烟很无趣——明明是一个自戕的举动，却一定要掺点诗意，加点颓废，搞得自己挺浪漫。学会了吸烟之后，我才知道，吸烟果然很无趣……

卓涯来找我，他推门进来，把我从床上拽起来。他的力气很大，从来都是。他是我的大哥，在某个偶然的日子里，在街上帮我拦住了扒我手机的小偷。从此结为挚友。平时有事没事，我和潇霖就跟他混搭着玩。

我被像小鸡一样拎着，继续吞云吐雾。挺好玩，呵呵。我晃荡着说。卓涯捆了我一巴掌，我脑袋震荡了许久，突然瞥见了门后的陈潇霖。我浑身一激灵，烟蒂掉在了地上。

卓涯说，潇霖这几天为你吃了多少苦你知道吗？她为你哭了多少次你知道吗？这些我本来都不知道的，她今天跑来哭着对我说，你的手机关了，你的人消失了，你不上课了，你跑到哪里去了？你小子在这里搞飞机？你有啥事？整颓废啊？你咋不去吸毒啊！卓涯踢了我一脚。

陈潇霖推开门跑进来，眼睛红肿着，对卓涯说，你别骂了，让他好好说啊。她蹲下来，看着我，眼神温柔。但我恍惚中，却总感觉她是居高临下。

潇霖有着细长的眼睛，黑森林的睫毛，像妖精般。于是我张了张嘴，真的说，妖精……他妈的一只妖精。

卓涯对我怒目而视，潇霖难以置信地看着我。

你小子发什么神经啊！卓涯扯住我的领子。我他妈当你兄弟，原来是个孬种！潇霖哭着拉开了卓涯，坐在地上，低着头。

卓涯深深地吐了一口气，说，说吧，兄弟，出什么事了。

说？说什么呢？我搜索着脑海，搜索着这几天的记忆，我喃喃着，上帝……上帝没有布娃娃。

什么？卓涯和潇霖都靠近了我，想听清楚。

我猛然抬起头，吓了他们两一跳。我用无比认真地语调说，卓涯，是兄弟的，你帮我好好照顾潇霖吧。

寝室里，泛着呛人的烟臭味。言语同没能消散的烟一样，共同凝固在半空。

那一天，是我糜烂的生活的结束，也是我疯癫的生活的开始。因为真的如我所愿，卓涯和潇霖走到了一起。我们三个整天混在一起，过着看上去很高昂的快乐生活。没课了就在大街上整日地游荡，晚上在公园里跟老人下棋，在烈士陵园宣誓、扮鬼。

崇敬与亵渎。行乐与赴死。

好日子一天一天在过，我似乎真的摆脱了陈潇霖。出奇的轻松，这就是谢神说的与命运的较量？也许没有。当卓涯和潇霖在若云江边手牵着手走在堤坝上的时候，我觉得他们真是天生一对。我微笑地看着他们，肺里却有什么膨胀着，好像我会就此升到空中，然后爆炸。

一切就这么结束了吗？当然没有，不然后来也不会发生写在前面的事情了。

那一晚，卓涯打电话叫我出去。我以为又要叫我当电灯泡。出去后，才发现，只有他一个人。我们坐在湖边的草地上，月光下，他一副憔悴的样子。他说，你小子，够了吧？

我奇怪地反问，什么够了？

借女朋友的游戏，是时候停止了吧？你以为是成人俱乐部呢？

我一时无语。好久，我才说，你不会明白的。

你小子耍什么酷？你当我兄弟吗？你知道潇霖她是死心眼的，她一点都不喜欢我，她跟我装甜蜜都是刺激你，你不知道吗？那么多言情剧在那里摆着呢！

我打了个饱嗝，无所谓地笑笑。我把谢神的事告诉了他。说完，我说，怎样，你觉得我是个正常的人吗？你觉得我应该享受正常的爱情吗？我这么问的时候竟有些得意洋洋。

就这点破事？你见到上帝，然后解开了你的身世之谜，然后你就装酷？你觉得你不同寻常了，你要普度众生了？卓涯的答复让我吃惊。

你果然不懂。良久，我转过头，沉声说。

我是不懂！我是不懂你有一个什么样的破脑袋让你摆着那样的好

姑娘不要！这个世界是荒诞的，小时候你看《十万个为什么》和《世界真奇妙》也早该了解了，你有什么想不通的，你就那么想当救世主吗？你自己好好想想吧。

卓涯的话让我目瞪口呆。想不到在四肢发达头脑简单的卓涯的世界里，一切都是那么单纯，那么顺理成章。我突然有一种想流泪的感觉。

仿佛又是谢神的安排，当晚，陈潇霖又打电话约我出来。地点，校外第三弄的旅馆。

进门前，我一直在脑海里反复排演着开场白、过场独白、言行举止等等。我想，我该怎样独自面对潇霖？没想到，我是怎么都想不到的是，房间门后，陈潇霖只穿着一件内衣，每一寸皮肤都仿佛有一支箭刺着我的眼睛。潇霖锁上门，开始解内衣。我呆立当场。我十分愚蠢地大声喝道：你干吗？你有病吗？

陈潇霖哭了，哭得浑身的熹微光芒都纷纷飞扬。她抱住我，抽噎着说，如果有什么办法可以让我们能像以前一样，请你告诉我好吗？请你告诉我好吗？

我突然鼻子一酸，我再也顾不了那许多了。什么谢神，什么宿命，什么自由，什么挣扎！我抱着小妖精陈潇霖，难过地哭了，泪水流进她的发里，是香的。

你怎么了？在想什么呢？陈潇霖在我面前晃了晃手，侧着头奇怪地看我。很显然，她已经打扮完了，小巧的马尾挂在右后侧。

在想……那个时候，你穿内衣的样子。我闭上眼睛，一脸神往的样子。

陈潇霖的粉拳萧萧如雨下，直下得我鼻青脸肿。我连连求饶。

那一天之后，我仍然没有跟她说起谢神的事情，也没有那个必要。我觉得，可能谢神也不是世界本来的样子，可能谁也不知道世界的核心是什么。那我又想那么多干什么呢？过把瘾就死。这是我那天之后秉承的生活信念。

上帝的布娃娃，这个身份，不也很酷吗？

只是昨晚的那个梦，让我再度回到了恐慌当中。我觉得，谢神可能又在做什么手脚了。就像我们平时写作文，所说的"伏笔"。这个梦是一个征兆，我要处处小心。

我翻了个身，起床，一阵利索的洗漱，花费陈潇霖所用的 1/5 的时间，我做完了出门的准备。办理退房的时候，我始终盯着小青年，确定没问题，才拉起潇霖下楼。

走在去车站的路上，一切都变得可疑。首先，仿佛每个迎面来的人都多看了我们两眼。我不得不对每个人多瞪一眼。其次，路旁的护道树在风吹中树叶沙沙，特别诡异，那沙沙的声音是不是高了几个分贝？树会不会随时倾倒呢？我拉着潇霖从路旁走到路中间，又被车辆逼回路旁。这使得陈潇霖好几次甩下我的手，撅着嘴骂我神经病。我心里想，大小姐你还不知道这个世界的可怕之处呢，我这是在保护你知道吗？这么想的时候我觉得我特别伟大。

最后终于进入了车站，车辆也终于没有再次延误，一切似乎都很正常。躺在铺位上，看着旁边铺位上的潇霖，才终于发现了不对劲的地方！我一个激灵，坐起来，喊道，我们的票不是软座吗？怎么变卧铺了？

陈潇霖一脸恬淡地说，昨天那人说话你都听什么了？他说今天去瑞安的就只有卧铺的班次，也是为了补偿，不用加票钱了。

我点了点头。但是悬着的心始终没有放下。我想起不久前在新闻上看到的卧铺强奸事件，说的是一趟车上发生了多起强奸案却无人出手相助，令人不寒而栗。我看着陈潇霖干净的脸，突然涌现了强烈的英雄主义情感，一股视死如归的热情在我的胸腔喷薄。

我脸朝外，始终看着陈潇霖。陈潇霖看了我一眼，转过头去，一会儿，又看了我一眼，又转过头去。她第三次看我的时候，我忍不住了："你看什么看啊？真有意思！"

潇霖柳眉倒挂，提高了嗓子，说，哎哎哎，是谁看谁啊，你一直盯着人家好不?

　　我想想也对,看陈潇霖也不顶什么事。于是我转移目标,每一个上车的年轻人,不,每一个过往的男人,我都仔细地打量他,看他像不像强奸犯。从着装可以看出一个人的性格,从发型可以看出他的偏好,切分细微动作比如将一个人抠脚指头的动作分成十个章节来看,能判断他下一个动作是不是将手指头放到鼻子底下嗅一嗅。

　　我观察了半天,一直到车发动的时候,工作人员突然跑过来提醒我说,小伙子,安分点,看你像个学生样,已经有好几个人反映你这人贼头贼脑了!

　　陈潇霖在旁边"呵呵呵呵"地笑个不停,我面红耳赤。我悲怆地想,陈潇霖,你就笑吧,你笑吧,哪天你老公我为你而牺牲,看你怎么笑!

　　再强烈的英雄主义,也挡不住我的睡意。在行驶了漫长的一个下午之后,在车子摇摇晃晃的摇篮效应中,我也为鼾声协奏曲添上了一笔。半夜,迷迷糊糊地起来上厕所,车子摇摇摆摆,水流的脉动让人不免尴尬。我扶着床铺往回走,爬上那个空床铺,躺下,长出了一口气。我习惯性地向旁边的铺位看了一眼,我揉了揉眼睛,又揉了揉眼睛……

　　我确定那边没人。

　　在卧铺车狭小的空间里,不在床上就是在厕所,而我刚刚从厕所出来并未见她……前所未有的压抑和不安侵袭了我。就在这鼾声与汽车发动机声分庭抗礼的环境中,我发出了人类所能及的最强音:"陈潇霖!陈潇霖!你在哪里!!"

　　周围一下子骚动起来,咒骂、询问、好奇一并袭来。而我不管不顾,继续喊着:"陈潇霖!"

　　"你搞什么鬼啊,大半夜的!"

　　终于,陈潇霖的声音传来,她在对面,与我遥相呼应。

　　等等,为什么在对面?

　　后来我才知道,是我走错了床铺。

那夜，面对满车的咒骂，以及工作人员欲将我撵下车的警告，我之所以仍然灰溜溜地爬回自己的床铺，只因为寻觅地洞未果，不然，我真想钻进去，永远不要再出来。

四点左右，第一声鸡鸣时，车子停在了高速公路出口。司机大喊，瑞安的下车了！

瑞安？我看着窗外，寅时的高速公路，森然若玄天本身。不是直接开到市里吗？我和陈潇霖在诧异中下了车，整理好我们的行李，站在无人的高速公路，望着诸天星月，听着车子呼呼地远去，有一种被欺骗和抛弃的感觉。

我们开始往出口走。想不到，我们原来可以在高速公路上走路的。没有在高速上徒步走过的人不知道站在冗长的路面上被时速一百八的东西远远抛弃的感觉。煽情点说，就好像能感到时光从左右呼啸而过，而我仍站在十八岁的记忆点遥望你六十岁的沧桑容颜。

我望着护栏外面的黑渊般的田垄，想着我们是被高架路悬在半空的，这增加了我的压抑，但我依然故作轻松。潇霖显示了少有的羞怯，紧紧倚在我的身边，在晨光熹微中她的侧脸洁白如雪。我感觉到我的责任重大。我拉着她，拖着沉重的行李"喀拉喀拉"往出口走。

但是，为什么，明明说是在出口处停的车，我们似乎永远走不到尽头？环形的路面，绕啊绕，连接着前方无尽的黑暗，那些地方有房屋，有人家，却没有一丝灯光。那些栖息的房屋没有一点呼吸，像史前的兽，消瘦了它们的骸骨。

到目前为止，一切都很平静，但一切似乎都暗藏杀机。就在这样危险的平静中，一直静默的潇霖转过头对我说，明，现在是你，还是他？

我瞪大眼睛看着潇霖，我知道我眼神中一定充满了不解，但是我的心里却怦怦跳着，似乎是害怕，又似乎是兴奋。

你是谢神，还是，我认识的、我爱着的谢明？

谢神？你知道他？你怎么知道他？我按住潇霖的肩膀，迫不及待地摇晃着她。

你放手！潇霖挣脱了我，哭了。她说，我早知道了，那天，我们重新和好的那天晚上，你睡着后，谢神就出来了。他告诉我说，你就是他，他就是你。他说，如果我不能理解的话，就想想什么是双重人格。

在凌晨四点月光未消的无边黑色中，我努力撑开我的白眼，我用血丝和眼白示人，我对潇霖，对这个可怜的姑娘喊：双重人格？你说我跟谢神是同一个人？你是说把我的生活变得那么可笑的是我自己吗？你说我是超人还是精神病？聪明的，你告诉我！

陈潇霖的泪水慢慢的滑过脸颊，没有啜泣声，无声的哭泣使画面呈现绝美的沉静。偶尔有车子驶过去，风带起一切，包括思绪，但她仿佛是画里的人物，连泪水都没有泛起涟漪。

陈潇霖点了点头，这个动作终于让一滴泪脱离了河流在下巴的绝壁投身而去。

我绝望地闭上眼睛。虽然现实很痛苦，但现实就是架在脖子上的尖刀，你摇头反抗都不行。其实谢神报出自己名字的那一天，我就应该有所觉悟。我想起童年的种种。那些稀奇的、莫名的想法，那些荒唐的又似乎理所当然的遭遇，那些生命中珍惜的又消散了的人和事，不都仿佛是谁刻意写在剧本里面，用以拼命昭示着自己的不平庸的吗？

我睁开眼睛，拉起潇霖的手，她的手在颤抖。我抬头看她，我看她在温暖的笑，这个笑是真实的。她仿佛是在告诉我：一切都不是你的错，你不想的。

我拉着潇霖坐在护栏边，就像以前坐在我们校园的湖边草地上那样，我给她讲起那些我未曾给她讲过的往事。

我刚出生的时候，爷爷就走了。爷爷在"老人帮"工作，那天正为一辆货车卸货，听到我出生的消息，就眉开眼笑，兴冲冲地扛着货过马路，结果一辆路过的大卡车钩住了麻袋，爷爷被拖倒在地，然后就卷进了轮子下面。

我摸着自己的眉毛，对潇霖说，听说我的眉毛很像我的爷爷，在这边有个豁口。他们说他笑起来，也像我这样，把眉毛吊起来。我想，那天爷爷也一定是这样笑的吧？

潇霖更紧地握住我的手。在天边的一抹微亮中，我觉得我的力气也在若有若无地游离。我张开哆嗦的嘴唇，说，你知道我为什么要在这时候跟你说这件事吗？我是在向你倾吐别人把我的生日当做我爷爷的忌日的痛苦吗？不是，我是在想，我拥有怎样的另一个人格，我拥有怎样的魔鬼力量，让我在刚出生的时候，就杀死了我的爷爷？就为了证明我的与众不同？我是在想，大概，现实根本不是这样，那个叫谢神的恶魔，与我根本是两个人……

"哧……"尖锐的刺耳的刹车声，我和潇霖同时抬头。在高速公路上能下这样死力刹车的，必定是车祸的前兆。然而，我们却只看到一辆车独独地停在路旁，看那车前后，空旷得没有让人刹车的理由。然而，下一秒，一个理由就浮上了台面。车门打开，走下来的，正是卓涯。

卓涯！你小子！我惊叹道，随即跑上前，却不知作何表情。

因为卓涯也是面无表情。不，不是没有表情！那嘴角的一抹冷笑，难道不该称为表情吗？

但是，这是面对我的表情吗？我这么问着，原来充斥周身的寒冷又聚拢而来。潇霖也站起来，走到我的身后。卓涯……她轻轻地招呼着，怯怯的。

卓涯把手伸进口袋里，掏啊掏，掏出了一部手机。卓涯把手机递给潇霖，怪笑着说，你的手机，掉在我的床上了，我给你专程送回来了，嘿嘿。

我的脑袋轰隆一声，世界下起了瓢泼大雨。

陈潇霖没有伸手去接，她低着头，刘海遮住了妖精般的眼睛。果然，是妖精。

陈潇霖猛地抬起头，拍掉卓涯手中的手机，瞪大被少许红色污染的清澈眼睛，看着我说，我不想多解释什么，现在的情况也很难解释，只是，我想请你用你对我的感情思考，请你相信我。请你相信我。好吗？潇霖的语调是坚定的，但她浑身都在颤抖，仿佛被我心中悲凉的雨淋湿了。我看着她瘦弱的肩膀，很想抱住她，一起哭，跟她说，别怕，什么都不用说。

喀拉。喀拉。你说的，谁拿了她的手机，喀拉，你就弄死他。谢神，大人。身旁的卓涯发出了奇怪的声音，然后我们眼睁睁地看着他狠狠地把自己的脑袋砸向了车子的前盖。碰撞与凹陷，黑色与红色。卓涯瘫在地上，像一个废弃的布娃娃。

我把潇霖抱在了怀里，痛苦地闭上了眼睛。潇霖在我的怀里停止了颤抖。

潇霖，你听我说，已经发生的事情，和接下来发生的事情，我都拿不准。真的，你在我怀里，我在你怀里，但是我真的不知道，你是不是真实的你，我，还是不是那个我。但是，潇霖，你要知道，你只要知道，关于我的一切，即使都是假的，我对你的爱是真的。真的。

我的泪落在潇霖肩上的草丛里，那些黑色的发丝溺水了，失去了呼吸。

我接着断断续续地说，我在想，恐怕我真的是那个谢神了，或者，他就在我的体内，不管怎样，我是罪魁祸首。我在想，为什么你的手机丢了，车次又正好调换，卓涯千里迢迢来送手机，死于非命？我在想，是不是又是恶魔的阴谋？

我放开潇霖，捡起地上的手机。十条未接电话，五条新短信。

"姐姐，你怎么还没到家。我去车站找你了。收到速回电话。"

"姐姐，院子里的水仙昨天一夜枯死。我害怕，会不会发生什么不好的事情。"

"姐姐，车站外面有好多人排队买票哦，还有打地铺的人，据说有人在这里排了好几天。"

"姐姐怎么还没到，不是说好了清晨到的吗？堵车了吗？姐姐，好冷哦。你多穿点衣服。"

"姐姐！天哪！刚才同学打电话给我说小雪家失火了，我正在去中兴路的车上！我好担心啊！不过去不放心！姐姐，你自己回家吧，对不起了！等下联系你！"

……

弟弟说等下再联系自己亲爱的姐姐。但是弟弟却没有这样做。答案显而易见了。我仿佛看到，弟弟在火海中，跟他亲爱的小雪，一起离开了这个冷漠的世界。

我看着这些短信的时候，潇霖站在卓涯的尸体旁边，木讷地望着我。她似乎失去了感觉，而我，也不知道怎么反应。我的心正在渐渐丧失，连心疼的感觉，都逐渐远去。

一个又一个，玩弄别人的人生很开心吗？我狂叫着，我大笑着，我要让我的心脏跳动。

是的，很开心。潇霖的声音。

我机械地、定格地转过头，看着潇霖忽然转变的表情。

喜欢这样的对话方式吗？这是第二次了。潇霖露出了俏皮的笑容。让我……厌恶至极。

我掐住了潇霖，不，我掐住了谢神的脖子。

哟，弄疼人家了。潇霖娇喘着，你不怜惜神，也该怜惜你女友的身体吧？

我无力地松开了手。我无力地咆哮着——如果也算咆哮的话："你不是不直接参与我的决定吗？你为什么要这么过分？你到底是为什么？你快离开她！"

呵呵，游戏规则改变了。因为……潇霖阴冷地笑着，突然眼神一暗，说，因为我很生气。你知道吗？经济危机，经济危机啊，我股票亏了多少你知道吗？你让我发泄下不行吗？

我这才明白，跟他是不能沟通的。我突然觉得，那些宗教的典籍是那么通情达理。比这个狗屁的神，可爱了那么多。

我望着潇霖的容颜，望着这个让我不舍的容颜，望着这个灵魂被剥夺后惨白的空壳，望着我的无限留恋，我朝谢神歇斯底里地喊道："你知道吗？你是个失败的作者！这个剧，让你写烂了！就在这里搁笔吧！"

我纵身越过护栏，无垠的田垄向我拥抱而来。天边射来强烈的曙光，夜与晨相接的地方，我有一种飞升般的自由，如沐梵音。我想起那些往事，那些真切的、虚假的往事，我爱的人和爱我的人，那些转瞬即逝的回忆，一切复如昨日。

一切仿佛是猝然快进的录像带，还没怎么看，就出仓了。

但是，这恰恰就是人生。也恰恰是被某些自称神的东西玩弄的人生。

没有了第一人称，上帝丢了他的玩偶。于是，我终于归还了所有人的自由。

作者简介
FEIYANG

薛超伟，性格叵测，想法缥缈，吃这顿饭的时候想着下顿的面里该不该加酱油。喜欢用风花雪月的脑子编制乡村时代的淳朴记忆。酷爱机器猫，认为那是自己童年的半边天空。初中，一语文老师说，你没有写作天分。从此爱上写作。（获第九届新概念作文大赛一等奖，第十一届新概念作文大赛二等奖）

寂寞未央  ◎文/张希希

　　成长的时候，我们曾经把一切错误归咎于此。可是到了最后，就会一无所有，只剩下了，寂寞。无穷无尽的，寂寞。

　　不是记得很清楚，树在某个时候被调到我的后座。高大的、有俊朗笑容的男孩，傲气的轮廓，微微神经质的敏感。

　　树嗜书，厚厚的文艺小说，关于苏童，关于张爱玲，又或者是杜拉斯，于是便有了交谈。

　　然后就熟悉了。

　　傍晚的时候，和树一个挨一个摊位地找过去，冰糖葫芦。清冷的空气中只有昏黄的路灯光线，温暖而多情。梧桐树所散发出的萧瑟气息汇聚在深邃的空中，远且黑，暗淡而厚重，不透明的。黏稠的糖汁金黄而澄亮，均匀地包裹着水果诱人的香气。树微笑，额前的碎发湿润地耷拉着，刻意的几分凌乱与傲慢。树只吃剥了皮的葡萄，淡青色的精心穿在细长的竹签上。树专注的面容被夜色抚摸得如此英俊，掩盖住眼底浅浅一抹忧郁。我挑中的是女贞果，柔软的身躯鲜红欲滴。我轻轻咬下去的时候瞥见了街角那家极小的音像店，布满海报。很

久以前在某个阴雨滴答的午后我专心致志地咬着一只蓝莓果浆的面包蹲在最底层的架子边翻看一些旧 CD。它们都被收纳在一个硕大的塑胶盒子里，落满尘埃。然后我听见倚在玻璃门边的红格子布伞被撞倒的声音，木制的伞柄，落地的响动干净而清脆。抬头便望见树，雨水滴滴答答从他鬓角下落，浅烟灰色长袖 T 恤，隐隐露出一角暗红棉布的粗格子衬衣，米色长裤。他小心翼翼地扶起我的伞，然后朝我笑了笑，神色里有微小的惊讶。树熟稔地径直走到一面架子前取下两张封面黯然的 CD，动作傲然自如。树的手指细瘦削长，月牙形的指甲有好看的整洁。离开前，树到我的身边探头看了看我手中的帕格尼尼，又一笑，认同的笑。自始至终我们都没有一句交谈，但是在那个瞬间他的目光是清澈而柔和的，言语也不能给得更多了，或许。

这一周我写了篇很好的东西，你应该看的。树突然说，打断我的思绪。

我笑，好吧，你拿给我。

落满一地的阳光，温暖而明亮的走廊，空旷的、洁净的，有点伤感，是树的寂寞。

然后我们就说起安妮，她的灵气，她的充实的文字感觉，灰色的背后是扭曲的、张扬的人性，不肯受任何一点束缚和压抑。盲目而又绝望的爱情，是暗夜里打开的大朵大朵的罂粟花，有点畸情，有点痛苦，如汹涌决堤的潮水般势不可挡。我们是如此的感性，容易受伤的人只有找个隐晦的角落躲起来，自以为安全。文学这样的话题就被我们这样一遍又一遍不厌其烦地说起，直到潮湿的、起雾的心情开始愉快。只有这个时候我们是彼此需要的。但是除了这一点点可怜的心灵慰藉，物欲的横流将我们隔绝在两个不同的世界。

不管我们的灵魂是否如出一辙。

通常在那些有着美好天气的早晨我都会遇见树，相视而笑的瞬间看见对方的疲倦和脆弱。明媚的阳光滤去了我们的尘垢，如此生机盎然。树总是坚持一身的正品Nike，塞着最顶级的耳机把自己关在喧嚣里。而我一丝不苟地写功课，共同分享笑话的男孩子都有很短的头发和简单的微笑，衣着整齐但并不昂贵。这是我和树的分歧，他太需要享受物质的丰富而我不要，或者说，是不需要。

我知道我和树只是茫茫人海中的一次邂逅，掠过去便什么也不留下。我们也只是在做一些虚无的梦，关于文学，关于生命。因为不切实际，所以相互理解相互充实。可就算只是年少轻狂的故弄玄虚，还是如此年轻，如此美丽。

年轻的树，他只是我灵魂深处某一点的契合某一点的呼应，可他不是全部，更不是爱情。我们谁都无法在对方的心中划一道伤痕，是不能更是不必。可是总有一道道浅薄的印记，留下了，就算会被岁月湮灭，但红尘不能改变它的生长方向，永远不能。

阳光清醒的下午和树坐在一家光线充足的咖啡屋里，点的却是一杯巧克力奶昔，厚厚的新鲜奶油混杂华夫饼的碎屑。墨绿色的细方格桌布，缀满长长的流苏。原木桌椅，粗糙而又精致。树摘下他的耳机递到我耳边，低靡的意大利歌剧，从远处缥缈而来。然后树带点嘲弄神情地宣布他恋爱了，是邻班白皙恬静的女孩。我亦以同样的目光望进他的眼睛里去，终于穿过他的肩，透过落地的玻璃窗悠闲地打量街道上行色匆匆的人群。

原来你和他们并没有什么不同。我淡淡地笑。

树也笑：也许。我也只需要这样。只用容貌去爱，会比较容易。

然后他满心欢喜地用力吮吸面前的珍珠奶茶，藕粉制的小丸子，发出"唏哩哗啦"的声响，很粗糙，但是依旧肆无忌惮。

太美好的日子，可以在窗外渐渐地流过。

从某个时候起我开始迷恋塔罗牌，总是极其耐心地一遍又一遍为自己预测未知的将来。正午的阳光下我倚着墙手指轻巧而飞快地在光滑的牌面上移动。Clamp的人物凄迷地向我微笑，美轮美奂的背面图案。树悄无声息地在我的对面坐下。

替我占一卜，他说。

我笑，预测你的爱情。

不用。你自己知道结局。

那一刻树的眼底有隐约的刺痛，褐色的眸子却依旧如琥珀般美好动人。为什么为什么，他不停地问。

我只是微笑。因为你生活在梦里啊，你的理想太高，你的需要太多。你要的女孩能理解你顺从你温柔善良死心塌地。可是你一脑子出其不意的梦要怎样被人接受呢？为什么欺骗自己，其实你知道你不爱她。

树一直低着头沉默，许久他低语着，我真喜欢奥黛丽·赫本。她是这世间最完美的女人，优雅迷人。他顿了一下，继续道，她的侧影有一点点像赫本，仅那么一点，可是这就够了。

树自我解嘲地一笑，推开椅子往外走。

但是你说得对：我一点也不爱她。

树不断地把他的文字拿给我看。他的迷茫、他的困惑、他的骄傲，还有他第一次喜欢的女孩子，有明亮的黑眼睛。树一直疯狂地迷恋电影，《现代启示录》《洛丽塔》《铁皮鼓》……这些东西都在他晦涩的文字间，永远湿漉漉地让我想起在音像店相遇的午后，阴雨天气。后来他借给我那本他最爱的《妇女乐园》，有他喜欢的江南永恒的阴暗潮湿，大宅子和高大的树木，看不见阳光。我能看见这个帅气的大男孩灵魂深处的某块阴暗和一些锋利的伤口，可我不是救世主，我也有偶尔的潮湿。我们都像颂莲一般苦苦寻找出口，可是我们总也找不对，找不到。除了焦虑，别无其他。但是我想我们始终还是坚定地，认真地在寻找，至死不渝。

而这些伤口，这些随着成长的伤口，我相信它们可以慢慢愈合起来。我们所需要的，只是时间而已。

班级联谊的时候树背来了他心爱的木吉他。他毫无顾忌地坐在楼梯上，修长的手指有力地拨动琴弦，声音温和而沧桑，带点嘶哑的"你说你青春无悔包括对我的爱恋／你说岁月会改变相许终生的誓言"。我看见所有的女孩子都望住他，眼睛闪闪发亮，谁都看得懂她们的心情，可是他却毫不在乎。我一直站在他身边沉默，直到逐渐暗淡下来的光线，终于湮没了我们的脸。

那片巨大的安静，在我的心里，是永恒。

树站在历史博物馆门口等我。冷冷清清的展厅里只有昔日的物华天宝。我们逐件逐件地看过，鼻尖几乎要贴住玻璃柜，满脸的小心翼翼。被时光湮灭的铜镜几乎看不出当年的动人，还有那些早已经氧化成黑灰色的步摇和手镯，长长的耳坠，却依旧看得清美好细致的图案，依稀看得见那个拥有它们的女子的温柔身影。浑浊的尘粒在长长的光柱中不停地搅动，不停地飞舞，暗淡的金色。木制的楼梯因为年代久远的缘故，每走一步都发出摇摇欲坠的声响，"吱吱呀呀"着仿佛要裂开来。大片的水磨石子地上的图案是好看的几何形状，红间着绿，映衬出玻璃窗子的色彩，黄和蓝，几乎可以想象得出来当年的主人开派对的情形，男男女女，灯红酒绿，旋转的裙摆和摇曳的步履。树突然笑开来，真是喜欢这里呢。然后我们穿过浊重的空气径直往出口走去。

等一等。树指着街对面的一家饮品铺，你要什么？珍珠奶茶？

不，果汁。杨梅口味。我答他。

树塞着耳机抓着果汁和他的蛋蜜汁微笑着转身回来。几乎是在瞬间，一辆卡车从斜里横冲了过来。

他，没有看到。

也没有听到声响。

刺耳的刹车声后我看见树年轻的脸，依旧微笑，一片殷红。蛋蜜汁的杯子被车轮碾得扁平而且扭曲。软包装的果汁汩汩地从裂口中涌出来，同所有的车水马龙一齐在那一刻如潮水般向我汹涌袭来，它们肆虐地包围住我，让我恐惧。如同小说里描写的那些不可思议的东西，如此气韵生动地在我们身上膨胀然后发生，而我原以为它们遥不可及。短短的两分钟里，仅仅一个转身的距离，就经历了一场生离死别，从人世到天堂的距离。

而他，自始至终，都还在我的视线里。

树像蒸汽一样挥发得如此之快而又如此不留痕迹。然而某些时候我仿佛感觉到树的气息触手可及，依旧湿漉漉而又明媚。原来有太多的人，会在你的生活里突然出现尔后又突然消失，来和去都是这般行色匆忙。即使他们什么都没留下，可是总有一种叫做过去的东西茁壮成长。也可能人们曾经相爱，但是彼此都不知道，甚至是一生都不会明白。可是这些都已经无关紧要了，因为它们被永远留在某个地方了，不管会不会被忘记。

可是曾经有过的时候，我们是如此的幸福。

收起了太多的唱片。安妮说过，一个人想要放弃的时候，就可以什么都不要。她是对的。树是掠过我生命里的一阵风，或者只是一个故事，只有我一个人恋恋不忘地怀念这段经过。几年的情感，几辈子的轮回。我们的分离，是一个没有时间的期限，漫长而且遥远，那种叫做宿命的东西将它分裂。走的时候他带去了一切，关于爱，关于思念。

都不留给任何人。

当然。

除了寂寞。

作者简介
FEIYANG

张希希，非典型的摩羯女。喜欢读书，喜欢绘画。相信在成长的过程里，任何璀璨都只是一笔带过。喜欢清澈的电影，希望可以分享的文字。喜静，亦喜动。（获第八届新概念作文大赛二等奖，第十届新概念作文大赛二等奖，第十一届新概念作文大赛二等奖）

茉莉蜜茶的浅夏 ◎文/邓奕恒

写在开头

秋凋冬至。

忽然在那本厚厚的英语牛津字典里翻出一朵已枯萎干瘪的茉莉花，如同那泛黄的纸页。过期的淡香让我想起了茉莉蜜茶，想起了一季短暂的夏天。

春殇夏绽。

那是关于蝉鸣的声音。鸟拍翼扇翅的声音。汽车不耐烦的鸣笛声。阳光穿过介质描画成直线的声音。汽水瓶子忽然被扭开盖子。茉莉蜜茶泛起的泡沫安静地回荡瓶子内壁，在繁盛的、喧嚣的声音令一切模糊得辨认不出形状来时，却剪接出一切的开始。

2008 年的这个夏天，我忽然疯狂地爱上茉莉蜜茶。

—

"仲夏含苞的双瓣茉莉，午后采摘，在上品好茶中五窨一提，调和天然蜂蜜，香润清醇。"

——花茶蜜语

平均每天消耗 500ml 的茉莉蜜茶。钱就这样哗啦啦地流进胖胖老板娘的口袋中了。尽管如此，依然心甘情愿地败家，接过饮料嘴上忙不迭地谢谢谢谢，心里却完成了对肥硕得像母蜘蛛一般的老板娘的诅咒。

我爱这样的生活。

告别高一，迈向高二。名副其实的文科生，枯燥而又悠闲。学校的茉莉蜜茶畅销至极，硕大无朋的老板娘应接不暇。

二

一个帅气的男生，一个篮球，一瓶茉莉蜜茶，点缀着我的灵魂，牵引着我的青涩。

每天放学的五点十二分，男生准时出现在篮球场上。飞跃跳动，伴随着我那失去节奏感的心跳。而我则揣着一瓶茉莉蜜茶，在那日影斑驳的树荫下窥视。一个完美的扣篮弧度，和我那上扬的嘴角不谋而合。

蝉鸣鼓噪了浅夏，斑驳的树影打在身上。明知阳光没有重量，抬头的时候还是被光线压得眯起了双眼。

如果我站在你身旁，影子刚好偎依在你的肩膀。

如果……

三

那个下午。

如常站在榕树的一旁。树杈上潦倒地挂着一件校服上衣，衣物散发着一丝清幽的烟草味。很独特。我知道这肯定是属于那个男生的味道，因为，我看见了衣角上绣了他的名字。

忽然，衣服里响起了一段鬼嚎般的铃声，吓得我一时连主谓宾也分不清。是应该提醒他呢，还是假装听不到看不见呢？兵荒马乱中，

062

无意抬头看了看他，才发现这完全是个恶作剧。

笑意在他的眼里沉沉浮浮，阳光再多也不能化开的灿烂。

然后继续还有然后。

下周四的傍晚，悄悄地在男生的衣兜理放进一瓶茉莉蜜茶，连同不知道是窃喜还是紧张的心情。随后埋伏在不远处的低矮冬青灌木后静静等待他惊讶或是惊喜的表情。

狭长眼笑。

冬青稀疏的叶子遮掩不了缝隙，这么看着他仰头大口喝下去，因为疲劳而皱紧的眉头慢慢舒展。于是当晚便一夜失眠。

从此更加钟爱茉莉蜜茶却原因不明。

发呆。傻笑。课室右手边便是窗台，上课的时候目光一直放在操场，无人或是有人都能让等待着什么的我打起精神努力分辨。

同桌说，你大概是喝茶喝疯了。

以为一直一直继续会有阳光明媚夏花盛放，却在不久之后辗转得知那个男生忽然不来打篮球的原因是转学了。于是我那还未来得及开花遗香的情愫便这样无疾而终、胎死腹中。

闷热的天气，憋屈了很多泪水。这个夏天，早已习惯了掉泪。

所以枕头套要经常换洗。

四

学校的茉莉蜜茶曾一度因为缺货而停止销售。
那段日子是那么难过。

五

盛夏末至。
每天穿梭于宿舍、饭堂、教室，机械式的三点一直线循环。那些呼呼大睡的课堂，那些藏在桌下的小说和短信，带来一点微醺的甜，这个时候觉得，要是有更多的茉莉蜜茶，没有高考，那一切就完美了。

站在高高的教学楼顶，避雷针旁，微风吹动着我的裙摆，傍晚的霞光温柔地抚摸我，还有护栏边上摇摇欲坠的茉莉蜜茶空瓶。我伸手拥抱这黄昏，影子因此而拉得绵长细碎，像一只绝望的飞鸟。

那些烦琐的懊恼，那些捉摸不定的心思，那些与谁谁随风摇曳的心跳，那些独走钢绳的青春，沉寂在这充满蜜茶香的浅夏。

时间还未来得及磨灭痕迹，风已吹起了纸页。

写在结尾

一直以来都讨厌有甜味的饮料，偏执狂般大量喝水和咖啡，当然一如既往地拒绝牛奶和方糖的加入。

一直都讨厌。

一直。

一

沉默为主学习为辅。

放学后男生没有其他多余的保留节目。L君在经过一个下午的思考后咋咋呼呼地从画室的炭笔白纸堆间把我拉出来，还嚷嚷着什么打篮球的男生才比较阳光，你长得惨不忍睹的脸蛋诋毁了在角落练小提琴的时光。

L君的原话是这样的：你这只假装智者的地狱三头犬啊！不要装忧郁更不要装逼！小心被雷劈！

于是每天下午五点十二分准时，我一脸落拓地被拉到动荡不安的篮球场。而L君则一脸阳光，感叹着这才是吸引女生的地方。

球场上我是菜鸟。我这么说的时候L君在我跟前好像浑身痒痒似的活动关节。

他扭了扭脖子，关节发生咔咔咔的悲鸣，末了他说："要不这么着，你脱了衣服再打吧，免得弄脏了要洗麻烦。"

我知道 L 君存心想要让我出糗，好让他自己在暗恋的女生面前灿烂风光。他不止一次地向我实施精神轰炸，跟我喻喻叙说关于那个可爱的大眼女生。呃，是长发别着发卡，喜欢看别人打篮球的女生。比较有规律的生活习性是，每天傍晚都会在饭堂前的林荫道边经过。

我说那好吧我脱我就脱。

只是 L 君啊这不是因为你独自投篮太傻瓜而拖我来作鲜明对比凸显自己媲美乔丹的单挑技巧的理由啊，而且你应该知道，我口中所说的篮球菜鸟，是成人组职业队的前锋替补——这样的菜鸟啊。

本来是应该好好配合你的，L 君。但是很对不起，遗憾的是，我是个不服输的人。而比这更遗憾的是，你找上了我。

往后的日子 L 君都哭哀着脸深情款款声泪俱下央求我别再上场。我说对不起了 L 君，是你先撩起我心中那一把火，伟大的篮球之火。央求无果 L 君运用了阿 Q 大师的心理安慰大法，一脸骄傲，无比欠揍地说："那个女生开始每晚都来看我打球了，哈哈！"

我看是因为你被我虐得无地自容、形态滑稽所以才不舍得不看吧。我翻了翻白眼。

我是痛并快乐着！L 君终于热泪盈眶。

二

其实关于那个女生我也注意到过。每次我们开始打球，她总会在球场外面左拐第一棵树下的阴凉处守候。手里抓住我最不喜欢的茉莉蜜茶饮料，树枝遮不住的光斑像蝴蝶一样落在她身上，指关节因将饮料瓶子握得太紧而发白，一脸的兵荒马乱。

而那棵树上，挂了我的校服。

恶作剧的事不是没有做过。问 L 君借了手机打到自己的，而当时我的手机就待在校服口袋里。铃声的骤然响起把那个女生吓得不轻。假装忘记了我的来电提示是设置了一段鬼哭狼嚎声。她应该是在想，究竟要不要提醒我呢。要不然为什么脚下的步子迈开又重新退缩。

最后那个女生终是发现了始作俑者的我，跺跺脚鼓起腮帮生气地走掉了。

L 君压根没有注意到他的女神早已随风而去，因为他正在为刚才那个投得不成功的三分沮丧地在旁画圈圈。

只是原来，她生气的样子也很可爱。

突如其来地想喝茉莉蜜茶。

然后继续还有然后。有一次打完球后收拾东西，发现校服兜里放了一罐茉莉蜜茶。

大概是她吧，反正不喝白不喝。我这么想着便拧开瓶盖咕噜咕噜喝个精光。

她站在不远处向我得意一笑，指指我手中的饮料。

靠，真像 MV 或者广告里面的情节。

只是我仿佛忘记了一直讨厌甜味饮料。

一直。

<h2 style="text-align:center">三</h2>

后来的后来，没有后来。父亲工作调动带来的影响是我必须转学了。胡杨木的小提琴，篮球和那瓶蜜茶的空罐子都被打包进行李随我走向远方。记得 L 君哭得稀里哗啦，泪水逆流成河，说你欠我的钱要还哦一定要还哦。

我笑眯眯地一拳送过去，说，你大爷的我什么时候欠你钱了，你欠揍啊？

浅夏。给我的印象只剩下茉莉蜜茶的清香。

我跟别人说，我讨厌甜味的饮料。唯独不抗拒的只有茉莉蜜茶。

作者简介
FEIYANG

　　邓奕恒，出厂日期：1991 年 3 月 11 日；质量保证：海拔不满 175，三围均正常。无全国联保以及七日无理由退还，无三包。(获十一届新概念作文二等奖)

第 2 章

彼岸花开

那些漫长的时间，却在穿过单车后座的悄无声息的风
中一点点缩短，直至毫无征兆地戛然而止

你怎么长那么高 ◎文/金国栋

　　前几天在路上走着，碰到李倩文，她凑近了神秘地问我，可曾准备了什么吗。我看着她眼神里略显激动的光芒，迷惑地摇了摇头，也不等我发问，李倩文继而说，我可是花了很多心思去准备了，你这个他的兄弟，不能输给任何一个人啊。

　　她如此一说，我才恍然大悟了，原来说的是孙瑜的二十岁成人生日。我看着她眼里的光芒，不意间，那光芒像是火苗一样的，慢慢将周围烧成了一片光之海洋，尽管我不会游泳，却也不禁地掉进了镶着金边的记忆海洋中去了。我想，在那里捡拾一点碎片，拼凑出一个光芒的孙瑜来，这大抵是我所能做的最为用心的事情了吧？且我们朋友七年了，七年而未痒也让我有了写写他的资格吧？

　　许是猛扎入记忆海洋，呛了几口，说来惭愧，我所想到的有关孙瑜的第一件事情竟然是未做朋友时的小事。一次去厕所的路上，孙瑜突然把手搭在我的肩膀上，恶狠狠地问一脸茫然的我："你怎么长那么高？"

　　我那时候孱弱得很，心里怕得要死，低着头唯唯诺诺地答着，继而飞快地跑掉了，甚至连厕所也没有去。不过上课的时候，渐渐胀满的尿意，让我对孙瑜的厌恶也慢慢胀满了胸口。

　　但也奇怪，这种厌恶，随着下课一泡尿就飞快消失了。后来我喜欢上足球，与他多多少少有了交集，也渐渐成了朋友。然后才发现他这个人很从容与淡定的。当然，与他真正有兄弟感觉的，始于初三的时候成为了同桌。孙瑜的清隽与淡然让我一直没有机会走进他的世界，做了同桌之后，我便无孔不入地进入他的生活了。

　　孙瑜的个子比我略矮，与我一般很是瘦削，孙瑜的眼睛严重外凸，像金鱼，他看着你的时候，这双眼仿佛就要随时因水分过多而掉下千种风情的眼泪来，我现在有点关节炎的症状估计也是因为被他那么湿湿地看了这么多年的原因吧。

　　我一直没有觉得孙瑜帅气啊什么的，但是这个暑假他来我家里玩，我外婆说，这个后生长得蛮好看的。老一辈的审美观啊，我没有舍得告诉孙瑜这个，怕他受不起打击。不过外婆这样说了之后，我趁着孙瑜不注意，偷偷地认真看了看他，然后我得出了一个结论，孙瑜长得真的很安全呢。

　　有些人是专门为一些东西生的，比如我就觉得自己为了足球来到这个世界。而孙瑜呢，大抵是专门为了抵制某些东西生的，这个某些东西就是读书。他与我做同桌的时候，往往早读时打开的语文书，到了下午放学还是原模原样地摆在桌子上，连页码都没有翻动。

　　除了数学老师，没有人愿意去管他，数学课上，老师会走过来看他，孙瑜则面无表情地安静坐着。任凭数学老师说得多唾沫横飞，孙瑜总是很平和地转动手中的圆珠笔，目视前方。我于是把注意力放在转动的笔杆上，便发现老师的声音渐渐小了，淡了，听不见了。这也算是一种心境吧。

　　孙瑜很喜欢留长指甲，喜欢用圆珠笔挖指甲里的污垢，然后指甲的根部就蓝蓝的，像他的眼神一样，有点淡淡的忧伤。我很受不了一个有洁癖的人做出这样的事情，但是孙瑜冠冕堂皇地说，不然我上课做什么啊。

他有一个绝技，就是与我说笑的时候，老师一转过头，他可以立马在脸上展现严肃的表情。我为此惊呼神奇，于是便不自量力地要模仿，又是数学课，我故意与孙瑜兴致高昂地聊着足球，然后数学老师中计了，转身了，看我们了。孙瑜马上切换到静音模式了，而我呢，第一秒钟的时候还伪装得很巧妙，但是一想到孙瑜刚还讲着那么搞笑的东西，现在却一本正经的样子，我一下子憋不住了，笑声大作，这几秒的憋，让我的释放来得特别汹涌，尽管数学老师的眼睛突然变成了孙瑜眼，我还是一边捶着桌子，一边狂笑得几欲飙泪。我都这样了，孙瑜还像没事发生一样，一如寻常地转动着他的笔，看着我被数学老师揪到走廊去。

放学的时候，孙瑜对从办公室出来、被骂得灰头土脸的我说，知道为什么你控制不住吗？你的心没有盖子，我摇摇你肩膀，就把你的那点祸水给晃荡出来了。

与我一样，孙瑜也对足球痴迷得很，孙瑜不会在看球的时候也保持他一贯的平静，特别是说到他最爱的曼联，一旦提及，他的眼睛中将会放出他的全部野性。有一年冠军杯，孙瑜从学校里逃出来，与我同在一个破败的旅馆里看球。

结账的时候，孙瑜才讪讪地告诉我他已经身无分文了，而我们少给了十块钱在老板娘的骂骂咧咧中逃到大街上的时候，问题来了。这个点是凌晨五点，孙瑜的学校（这时候是高中了，我们不同校）在郊区，走过去要四个小时，我说，那怎么办。

孙瑜甚至有点奇怪地问，什么怎么办啊。哦，我要走了，上课也许要迟到了。在我的目瞪口呆中，孙瑜无比孤独地走向了朝阳的光影中。

我常去孙瑜家住，孙瑜家的床很小，但是装下的却是我们厚重深刻的友谊。他经常通宵上网，有一天半夜我醒了，发现他幽幽地看着我，吓得我浑身发冷。我说,你怎么了。他说,没事做,网线断了,我在等待。他家里的网线是接在邻居家的,有时候他那变态邻居会关掉网线,然后他就上不了网。我说,那你来睡觉吧。孙瑜摆摆手说,我等等要看球。我说,不是网线断了吗。他说,我等等,万一有奇迹呢。后来我就迷迷糊糊地睡着了。醒来的时候,我看见孙瑜趴在桌子上睡着了,不怕害羞地说,当时我的心真的有点痛呢,因为——他压着的,是我买给女友的抱枕呢。

住在他家的时候,时不时会有一些小插曲。比如我半夜的时候肚子会饿,孙瑜知道了则会蹑手蹑脚地摸进厨房为我找吃的。有一次,恰逢孙瑜老妈出来上厕所,片刻后,狭路相逢的两人先是一顿,然后传出凄厉的女高音。孙瑜倒是很平静地说,妈,最近你有点尿频啊。

孙瑜去厨房给我拿的,多是榨菜包。煽情一点说,只怕未来我都无法吃到那样的榨菜了。

孙瑜的高考成绩不出意料地低到土里去了,有时候没得选反倒更自由,他可以随意选择去任何城市读大学了,这个时候我就有点希望他来上海了,但是他最终还是选择了去北京,因为他的女朋友考到北京去了。孙瑜去北京上学,还是与准岳母一起坐长途汽车去的。大一的寒假我去孙瑜家,孙瑜正好搬了一箱苹果说要给女朋友送去。这些事情都让我觉得孙瑜长大了。

我就这样乱乱地想着,直到李倩文叫了我一声,说要先离开了。我看着她走远的身影,不免更加伤感起来,我突然觉得尿意甚浓,在我找厕所的时候,突然又想到了当年孙瑜很不孙瑜地对我说,你怎么长那么高。现在我想,如果一开始,我不是那么高的话,我们早就是同桌了。

说到同桌,那些已然逝去的美好片段,竟一一呈现。我想了很多,想起老师曾打算将我们分开,结果,孙瑜下午就带了条铁链将我们的桌子锁在一起。又想起,那些年,我们常常在下午最后一节课的最后十分钟,拿出草稿本玩倒计时。我们其中一个写下600,另一个写 599，依次递减，直到铃声大作。日复一日，仿佛我们之间有无数个 600，今天有，明天还是有。时至今日，我才知道，那些美好真的只能是回忆了。

作者简介
FEIYANG

　　金国栋，昵称果冻，男，浙江台州人，现就读于上海戏剧学院戏剧影视文学系。最爱足球，喜欢拜仁，曾与卡恩竞技，罚进点球一。最自豪的是自己的体重，平均每厘米重 0.65 斤。未婚。(获第十一届新概念作文大赛二等奖)

鑫悦微凉  ◎文/肖宇鹏

物理老师说过：茫茫宇宙中，两颗星星相遇的几率微乎其微。但我相信即使千分之零点零一也算是可能吧！

—

还记得昨天，那个夏天，微风吹过的一瞬间……

"死了都要爱，不淋漓尽致不痛快……"
"来来来，这段让我吼，给我麦克——"
"不行，不行，我要唱，这是我点的歌——"
"不要抢，把麦克统统给我，你们都不行——"
"NO！我是这里唱得最好的，我来——"
……

终于结束了一天的闹腾，悦拖着一身的疲惫回到家，打开了淋浴喷头，看着那热水如骏马般奔流直下，溅到地板上，腾起层层白雾。悦多么希望这热水可以冲走她一天的疲劳……

在城市的另一端，鑫同样迈着无力的步伐，一步一步挪到他那张既舒适又大的弹簧床上。

"今天被该死的晨叫去钱柜吼了一整天，累死我了，今晚我要好好地睡一觉。"朦胧中，鑫已进入了梦乡……

次日清晨，鑫睁开他那惺忪的睡眼。

"啊！真舒服，是个好觉！"鑫用他那粗犷而又低沉的声音在他那间空旷的屋子里愉悦地叫着。

突然，他想起了什么，停止了他的叫喊。

"她叫什么呢？怎么昨天晚上梦见的全都是她？"

"莫名其妙！不过，话说回来，她长得的确不错，笑起来那么迷人，歌唱得又动听！"

"那样的女孩有男友了吧，不可能吧？"

<h2 style="text-align:center">二</h2>

"晨，那天和你一起来唱歌的那个女生是谁？"

"哪个，那天来了那么多呢！"

"就那个，特漂亮的那个。"

"老大，拜托了，那天来的个顶个的如花似玉！再具体些。"

"哦，对了，就是坐你旁边的那个女生，唱歌特别好听的那个。"

"哦，她呀，她叫悦，我的同学。"

"有没有她的联系方式？"

"嗯，一会儿我给你发短信过去。怎么，问得这么详细！"

"哥们，你要帮我，你一定要帮我……"

<h2 style="text-align:center">三</h2>

忘记了是怎么开始，也许就是对你有感觉。

忽然间发现自己，已深深爱上你，真的很简单……

大概是忘记了上次的疲惫，大概是日子又开始无聊了起来，悦这回又欣欣然和晨来到了钱柜。

还没有进屋，就听到里面飘出悠扬的歌声。

"我还没有来唉，里面怎么就开始唱上了？"

悦想着缓缓开了门。包房里的音乐不知何时变成了《今天你要嫁给我》，只是悦没有察觉到，结果，一推门就遭遇了一场突如其来的告白。

"悦，当我女朋友吧！我会对你好的。不管你之前有没有男友，都请你一心一意和我好吧！"

"啊……"

晨在一旁偷笑着，看着悦那不知所措的表情和鑫那憋得通红的脸。

"可……可是咱们还不了解彼此呢，不好吧？何况我认识你是谁吗？"

"鑫，感情这回事不能心急。俗话说：心急吃不了热豆腐！"

晨放下麦克帮悦解围。

"不过鑫这个人挺不错的，考虑考虑吧！"

悦的脸更红了，想转身离开包房，却被晨一把拉到沙发上。

"干吗？来这里就是为了唱歌，不唱歌可不能让你离开！"

说完，晨就把麦克塞到悦的手里。

唱着唱着，悦就感觉一只大手搂住她的腰，下一秒，她就已经完全被鑫抱入怀里。她想叫，却不知为何叫不出声。心里不知什么感觉触动了一下。

"不管以前你我是否相识，茫茫人海中我遇见你，这就是缘分！"

"呃……让我考虑考虑吧！"毕竟是正处在青春期的女生。不管此刻的悦看上去多么平静，心里终究波澜暗涌。

四

你就是我的天使，守护着我的天使，从此我忘记了悲伤……

"悦，能不能和我上街，我想买块手表。"

"哦……我不想去……"

"来吧，顺便给你个惊喜"

"我不爱动弹了，下次吧。"

"呃……"

"悦，和我出来吧，我在乐园等你。"

"又出去？不想去！"

"来吧，咱俩还没有一起上过街……"

"呃……好吧，四分钟后乐园见。"

此刻的悦心里是个什么滋味？

"是的，鑫对我的确很好：下雨天给我送衣服；不管我晚上上自习到多么晚他都会等我；送我回家……"

"悦，你来了！"鑫满心欢喜。

"去哪里？"

"王府井如何？"

"走吧。"

鑫招了招手，他俩便上了一辆出租车。

就这样，半个月过去了。

悦和鑫的感情如白云般飘浮不定，一会儿分散，一会儿又聚在一起了！

"悦，和我去乐园吧！"

"我要骑旋转木马！"

"哦，上吧！"

"那我不客气了。咱俩坐一个吧！"

鑫一抬头："坐一个？"

"难道你不想？"

"想，想！"

鑫现在的样子只能用心花怒放来形容。

"这就是机会啊……"

"悦……"

"干吗？"

"做我女朋友吧！"

"让我再考虑一下！"

"还考虑个啥呀？咱俩相处这么久，我对你的好你也都看见了，答应我吧！"

"嗯……好吧！"

悦羞答答地说完这话时就把头低了下去，因为她不想让鑫看见她那微红的脸。

鑫也许太兴奋了，没有注意悦那变红的脸，高声地唱了起来："哦，第一次说爱你的时候，呼吸难受，心不停地颤抖。哦，牵起你的双手，二十四小时没有分开过……"

估计鑫现在只能用歌声来表达自己内心此刻无比的激动吧。他的歌声引来周围人无数诧异的目光，悦的脸更红了！

"喂，你踩到我了哎！"

"Sorry! 我不是故意的，下次注意，下次注意！"

"不行，你是有意的，还想有下次？"

"我真的不是故意的，真的对不起啊！"

"说声对不起就没事了？没门！"

"靠！你到底想怎么样？不就是踩你一下吗？至于吗？"

"干吗冲我大呼小叫？我可是女生哎！"

"女生怎么了？女生被踩一下能死吗？何况我说了我不是故意的。"

"你……哼，不理你了！"

"不理就不理！哼……"

……

"悦，我错了，原谅我吧！"

压抑的日子就在这样的小打小闹中流逝，而他俩的感情却在这样的小打小闹中慢慢发展……

鑫一如从前，在下雨天给悦送衣服；陪悦上自习，然后送她回家；在悦最难过的时候，鑫总是第一个到达，用任何方式来安慰她，逗她开心……

于是就在这不大的校园里，他俩变成了最热门的人物。

他们成了多少情侣羡慕的对象。每次他俩一起出现在校园里时，你就会听到类似于"看人家鑫对悦多么好，再看看你，哎，你要是能付出鑫对悦一半的好我就知足了"的话语。

他俩的感情便在这热言热语中逐渐升温……

八月的天，仍然带着些许的燥热。微风载着鑫和悦的甜蜜上升到了那无法触及的天空中，直到它接近太阳，慢慢被太阳烤干，烤裂，露出那最真实的核心。

"鑫，我给你送早点来了，是我亲手做的，尝尝吧！"

"嗯，真的很好吃，谢谢你哈，这是我长这么大以来吃过的最好吃的饭呢！"

"真的吗？那你一定要多吃点！"

"嗯！"

"悦，我给你买了一块手表，戴上去看看吧！"

"哇塞！好漂亮，谢谢你，鑫！"

每天都像这样。他们沉浸在幸福的蜜罐里，引得多少人羡慕，多少人嫉妒……

五

我们都需要勇气，来面对流言蜚语……

八月终将过去，取而代之的是九月那无关风月的凉，有时却夹杂着暴风雨！

"鑫，我又来给你……"

话没说完，悦便愣住了，透过微微张开的门缝，她看到了一个女生，是的，一个女生依偎在鑫的怀里。

手中的便当洒落一地。鑫也许此刻正沉浸在另一个幸福里，他什么也没有看见，什么也没有听见。

悦用手捂着鼻子跑开了，只留下一串串晶莹的"珍珠"在地上发出熠熠光辉！

晚上，不敢相信自己亲眼所见的悦最终鼓足勇气给鑫发短信！要知道对一个女孩子来说，下这么大的决心几乎等于豁出去一切呢！

"鑫，我早上打算去给你送早点去的……"

收到短信的鑫一身冷汗，他做了对不起悦的事情，是他对不起悦。鑫拿起了手机又放下了……

"不过一想到你那么忙，我就没有去打扰你，真的很抱歉啊！"

想想此时的悦吧，心里头是一种什么滋味？明明看见一个陌生的女子在自己男友的怀里享受着幸福，却还要撒出谎来装作什么都不知道。天哪……

"不忙不忙，一点都不忙，我今天早上一个人在教室里把所有作业都写完了，一点都不忙！"

也许此时的悦开始后悔了，后悔这次的决心！她多么希望鑫对她坦白啊，就算吵架，还会和好。可鑫却骗了她……

泪水开始漫上双眼，开始浸透枕巾……

许久没有收到回信的鑫又开始担心了……

阴暗的天，就连海燕也不敢高飞了，它怕暴风雨将它吹得再也飞不起来。暴风雨终于来了……

六

一个多情的痴情的绝情的无情的人
来给我伤痕……

"晨，你去和鑫说，我打算和他分手呀！"此时的悦一副冰雪女神的样子。

"你俩怎么了？为何分手？"晨不敢相信自己的耳朵，使劲地摇了摇头。

"没什么，我觉得腻歪了！"悦怎么能把她经历的事情如实地告诉晨呢？那可是她十八年来最大的耻辱啊！

"有没有搞错？"晨故意把"搞"拉得很长，"你们是我撮合在一起的，给个面子好不，不要分得不明不白！"

"你去和他说吧。"

无奈的晨来到篮球场找到了鑫。

"鑫，悦她要和你分手，怎么办才好？"

鑫愣住了：事情终于被发现了吗？

"那么，既然如此……"

"还能怎么办，分就分了吧……"鑫故意用很高调的声音说出了这句。一说完，就因为自己的大男子主义而后悔了，可是……

"你，你怎么能这么说呢？"面对鑫有力的回复，晨彻底失望了！

"悦，他同意了！"

"他怎么说的？"此时的悦一副"事不关己"的表情，写着她的作业。

"他说，你真的要听吗？我看还是算了吧！"

"叫你说你就说，啰唆那么多干什么？"

晨咽了一口口水："他说，分就分了吧，反正……"

"够了！"悦终于忍受不住，黄豆般的泪珠砸在纸面上，显得悦的脸愈加苍白了！

"为什么？为什么？这到底是为什么？我对他那么好，他却如此的绝情！"

把头埋在双手的悦发出的一切声响都只是她的呜咽声。晨欲说些什么却又停止了。他看见桌子上的纸张被泪水一点一点浸透！

"他凭什么那么说？有哪个人为他做过早点？有谁能陪他逛一整天的街？有谁……？"

……

"悦，不要难过了，鑫他不要你是他没眼光！"

"求求你不要提他了，求求你，晨！"悦用一种近乎哀求的口吻说道，"让我安静一下，晨！"

"我会忘记他的！永远！"

这也许就是爱情，合久必分！

这也许就是爱情，越是付出就越被伤害！

这也许就是爱情，鑫悦微凉……

作者简介
FEIYANG

肖宇鹏，1990年生，来自内蒙古草原，祖籍辽宁。有着热情好客、幽默健谈的特点。喜欢玩笑，不拘小节，向往自由，热爱写作和物理，热爱运动，擅长打羽毛球。（获第十一届新概念作文大赛一等奖）

阴天  ◎文/王天宁

  飞凡的到来在苇子园中学引起不小的轰动，大家想不通这个城市男孩儿为何来这儿——巴掌大的苇庄，他高低也该去县一中。在丫头们中，还有个敏感的话题，一天到晚，嘀嘀咕咕地议论：

  "你看他多白啊。"

  "就是，一个小子皮肤这么白。妈说城里水养人还真对。"

  不知这帮丫头是否真不懂，城市孩子娇生惯养，岂有老皮粗肉之理？她们不同，从小干农活，风吹雨打，表皮都脱落了。几个有自知之明的，看看白净的飞凡，又摸摸自己的脸，有些不好意思。

  飞凡不管这些，他料定自己会成为这帮没见识的孩子眼中的风景，他独占一桌，冷眼打量教室，眼中充满不屑。

  天一直阴着，要下雨了，世界一片昏暗，飞凡突然笑了，牙齿在昏暗中白得晃眼。

  我真喜欢黑暗。飞凡想。

  渐渐，孩子们从大人口中了解到飞凡在城里不好好学习，天天和社会上的人混在一块儿。父母一气之下把送到乡下奶奶家。大人们颦着眉头说完，加一句少搭理

他啊。

从此丫头、小子们看飞凡眼里就多些什么，没人羡慕他白净了，他就是污点。

飞凡不在乎，有什么好在乎呢？他压根没把他们当人看。而他，是蝙蝠，是蜘蛛，是冷血动物，是黑暗中的杀手。

并且在他料到自己成为孩子们眼中的风景时也料到自己会成为污点了。

他告诉自己，他早看透了。

即使孩子们对飞凡冷眼相待，也有几个不安分的甘心当他的跟班儿，苇子园中学"飞哥集团"正式诞生。飞凡表面乐意，心里还是把他们当成狗，当成猫，当成一切不是人的生物。

老师们很快发现这个城市男孩儿不简单，期中成绩比全班第二高二十分，口语让英语李都自叹不如。虽对飞凡的事略有耳闻，但他似乎已对过去潇洒地说拜拜，重新做人。

他们都错了，"飞哥集团"在行动。

飞凡告诉几个小子，走路走直线，碰到谁揍谁。背后说英语李屁都不会放传到李耳朵里，李显出庄稼汉的本性要收拾他，又一想算了吧，那孙子去过法国，急了用法语骂起来，听都听不懂。

飞凡又开始搞破坏，例如上房揭瓦一类，不，不是单纯破坏，是恶意报复。

孩子们不知飞凡为何捉来一只只动物，再把它们慢慢弄死，他们当然不懂，飞凡心里有创伤，而他们，只是在田地里疯跑，任人宰割的野鸭子。

他们野，田户人家的孩子怎能不野？怎会不野！但他们都不及飞凡，飞凡的野深入骨髓，发自内心，野兽一样。

于是丫头、小子们更理直气壮地疏远他，因为他们害怕他，怕他那双像夜一样诡异深邃的眼睛，怕他那口在黑暗中笑得白森森的牙，甚至怕他一口吃了自己。

终于，飞凡在抢了村长公子钱后被停了课。

那个刚下过雨的清晨，太阳涩涩地放出久违的光芒，阳光碎了一地。飞凡深呼吸，肺中立即清清爽爽，城市中没有这样新鲜的空气。

有个丫头告诉飞凡班头找他，扭头就走，看都不敢看他一眼。

飞凡肺中的空气即刻跑没了，他故作镇定，告诉自己他早就猜到了，忐忑地走进教师办公室。

班头是员女将，高考落榜生，长得不错，但从来不笑。她面色冷峻地问："飞凡同学，你知道犯了什么错吗？"

"不知道。"

"抢钱、打架、骂老师。这些不是你干的？"

"老师，我不懂你的意思。"

"不懂？好，明天开始，停课三天，好好想想。"

她晃动三根洁白修长的手指头，仿佛要戳进飞凡眼里。

飞凡停课再次轰动了只有一百多人的苇子园中学，人人都知道干净、英气的城市男孩飞凡是地痞、流氓，千万别招惹。

飞凡不想把停课的事告诉奶奶，怕她向爸妈告状，但村里人多嘴杂，不知哪个嘴碎把事儿捅给了奶奶。她剁着猪草，叹气说飞凡啊，你爷爷死得早，你爸小时也挺皮，后来学好了，你可不能给你爸、你爷爷丢脸啊。

飞凡不听，他觉得奶奶顽固、腐朽，像棵被风化、蛀烂的老树。总有一天她会断。飞凡皱着眉头想。

飞凡想骂，骂女班头，骂没见识的丫头、小子们，还有二啦吧唧的村长公子。但他忍住了，奶奶方才告诉他要会克制。

飞凡叹口气，望望湛蓝的天空，那湛蓝之上，似乎氤氲着什么，挑逗他、勾引他。他听见了海鸟的叫声，但举目四望，哪有鸟的影子？飞凡明白，鸟在他心中，总有一天，会有成群结队的海鸟载着他，飞过海洋，飞向蓝天。

飞凡是蜘蛛、蝙蝠、冷血动物，同时也是鸟，是孩子。

他决定趁这三天好好在村里逛逛。

春天是躁动的季节，飞凡听见草拔节的声音，树抽芽的声音，还有许多不知名的小虫子在田地里拱来爬去的声音。

苇河横跨整个村庄，岸边隐约可见芦苇的嫩芽，往深处走，竟有一座天然花园。早春的花耐不住寂寞，早早绽放了。

飞凡惊叹它们的清洁、淡雅、随心所欲，不像城市的花扭捏造作，一簇簇修理得齐齐整整，显得呆板死气，那不是花，是傀儡，连笑容都是假的。这片花，少了所谓的高雅矜持，随随和和映入眼帘，平平淡淡竞相开放，清清爽爽冲击想象。依水傍草，出现得突然却不突兀。

一片花牵出丝丝缕缕的感动，少年久已未动的心开始怦怦作响。飞凡问自己，是否应该改变生命的色调。

飞凡变了，老师们惊诧地发现飞凡变了，三天的停课似乎让他悟出了生命的真谛，开始奋发读书。

也许这小子不想在屁大的苇庄待了，想考出去。老师们猜测，渐渐释然了。

虽然飞凡依旧孤僻不合群，但他苍白着脸，咬着苍白的嘴唇读书显然打动了每一个人，丫头小子们不再对他躲躲闪闪。

直到飞凡期中考试成绩比全班第二高七十多分时，班头觉得不太对劲儿。她这才发现每天下午全班呵欠连天，课无法进行。

终于，在一个烈日炎炎的晌午，她窥到了，这个全班第一，比第二名高70多分的第一，翻窗入教室，在每人水杯中撒下粉末状的东西，而后飞一样地跑了。

女班头惊呆了。

懒洋洋的午后，飞凡走进教师办公室，披挂满身的阳光无声地融入了黑暗。

"中午往同学水杯里撒什么了，说！"女班头咬牙切齿地问。

"安眠药。"三个字痛快地流泄。飞凡想不通女班头是怎么知道的，不过拖泥带水不符合他的一贯风格，只是飞凡的干脆让女班头措手不及。

她顿了顿，接着问："为了你的第一，让全班同学下午昏昏欲睡，听不进课？"她大吼，声音微微颤抖着，其他老师纷纷看过来。

飞凡脸更白，依然无动于衷，没点头也没摇头，班头当他默认了。

"停课半月，把家长叫来，再犯，别怪学校开除你！"

飞凡觉得又阴天了。

飞凡跑进教室说同志们啊，我解放了，你们慢慢熬吧。说罢背起书包就走。

早有舌头活络的散布了飞凡二次停课的消息，放学时，黑板上多了几个字：飞凡，你的软肋在哪儿？

第二天，丫头小子们发现黑板上只有三个大而醒目的字——我爸妈。

飞凡耐不住寂寞，叫嚷着把几个跟班召来，他带着他们和邻村的孩子打架，或他们领着他在苇庄转悠。

奶奶见到飞凡就叹气——从女班头那儿回来就这样，似乎飞凡是个打不舍、骂不值、赶不走的瘟神。飞凡觉得这棵老树被虫蛀得太厉害了，真想把它一把折断，唯一值得庆幸的是奶奶没把飞凡闯的祸告诉爸妈。

几个小跟班儿爱看月亮，农家孩子总与自然莫名的亲密。他们拉着飞凡爬到山顶赏月，飞凡觉得山高，那么高，一伸手就能摘到星星，戳破天幕。山下是规划整齐的田地，棕绿相间的色块，在月光里影影绰绰。

几个孩子或仰或卧在杂草地上，跟班们嚷嚷："给咱们讲讲城里事儿呗！"飞凡就讲，从双截棍讲到 Jay，从 NBA 讲到姚明，从计算机讲到盖茨。末了叹息好久没动电脑，手痒痒了。

一个跟班儿说飞哥，县城里有好多网吧，要不咱去逛逛。

飞凡说去，双眼在黑暗中闪闪烁烁。

第二天飞凡从奶奶家偷了两百多块钱，一行人偷偷摸摸去了县城。

飞凡高兴啊，都乐蒙了，从来没这么快活。他胡打游戏，猛聊天，没日没夜地疯，反正网吧提供吃喝。

直到一只苍老的手搭在他脖颈上，说小凡别玩儿了，回家吧！

飞凡吃了一惊，竟是奶奶，她脸色惨白，颤抖着吐出一句触目惊心的话——走吧！你爸妈出车祸……死了。

少年觉得天旋地转。

飞凡不想去参加爸妈的葬礼，奶奶说不去就不去吧，心里念着就行。她孤单一人，颤巍巍地去送黑发人了，飞凡觉得心也被她颤巍巍地带走了。

鼻尖儿、眼睛又酸又胀，飞凡知道是眼泪，他告诫自己别哭，奶奶就说她不会哭，她的眼泪早在四十年前爷爷走时流干了。飞凡想着，把眼泪憋回去了，但他头晕眼花，心慌气短，像吃了五毒散。

葬礼结束后，飞凡躺在床上三天三夜不吃不喝，不说话，第四天清晨就出去了，而且再没回来。

飞凡走后，他所在的内陆城市上空出现了成群的海鸟，天持续阴了整整两周，第十五天才放晴。

飞凡走的那天，是他十四岁生日。

作者简介
FEIYANG

    王天宁，生于 1993 年 1 月 25 日。对于文学：从来不敢有太多奢望。文字个人风格浓厚，认为慢节奏就是自己最大的风格。对于新概念：想起来是可以用"美好"囊括的事情。13 岁在《儿童文学》发表小说。至今已在《少年文艺》《东方少年》《少年作家》等杂志发表小说、散文、诗歌等数万字。(获第十一届新概念作文大赛二等奖)

单车不载十七岁 ◎文/杨逸飞

　　熟悉的路程，一步一步用脚印测量距离。那些漫长的时间，却在穿过单车后座的悄无声息的风中一点点缩短，直至毫无征兆地戛然而止。

　　十六岁的夏易下定决心走出家，去学校看自己中考成绩的那一天，正是电视里发出高温警报的第二天。路两旁没有什么树，绿化带里低矮的植物在地面投下的影子刚刚够遮住脚面。阳光肆无忌惮地照在夏易的脸上，竟有了微微的痛感。夏易低下头，加快速度走了两步，听到有人喊自己的名字，抬起头。站在对面的男孩子，推着单车，微红的脸色不知是阳光晒过留下的痕迹，还是源自空气里悄悄酝酿着的不自然气氛。

　　"夏易，你是要去学校里看你的成绩吗？"

　　"是啊，你去看过你的了吗？"

　　"嗯，去过了。我看到你的成绩了，很高兴高中能与你继续在同一个学校。"

　　夏日的午后，马路上灼热的空气显然不适合长久的对话。夏易答应坐上男生的单车回家时，脑子里迅速闪过初中时期与这个叫做乔葛的男孩的所有交集。

　　做过短暂的同桌，他的家在自己家的下一个路口，因此会偶尔放学同路回家，却也绝对说不上相熟。

　　夏易坐在单车后座上，看到男生微微前倾的姿势和他T恤后背上那片浅浅的汗迹，脸竟莫名迅速在风中烧了起来。当单车停住，夏易仓促告别时，在十六岁夏季的记忆里便有了一辆蓝色的单车和一个安静的少年。

新学期开学，虽然新学校离夏易的家距离变得更远了，但夏易却还是像以前一样，拒绝骑单车上学。

应该是在小学的时候吧，那时候夏易刚刚学会骑单车，于是在暑假里的每一天都会骑上单车出去玩。直到有一天，不小心从单车上栽下去的夏易跪在了路面上一块尖锐的小石子上，膝盖处流的血渗红了她穿的白裙子。伤口不久就愈合了，膝盖处却留下一道明显的疤痕。于是，在以后的夏天里，夏易拒绝穿裙子，同时，拒绝再骑单车。

只是，这一次态度坚决的拒绝，有没有其他原因，这连夏易自己都不能说清楚了。

彼此陌生的同学会在相互认识的过程中多出一分新鲜感。夏易在学校里忙着熟悉环境，交新的朋友，快乐且充实，却还是会在一个人走在回家的路上时，想象着乔葛推着单车，在身后唤自己的样子。

开学后的一个月里，夏易都没有见到乔葛，却开始习惯于在路上偏着头看那些骑着单车从自己身旁飞快驶过的少年的背影。她常常固执地盯着那些背影，直到他们消失不见。心里的失望被很好地掩藏，却还是会在眉宇间浅浅地浮现。

夏易在看到乔葛的一瞬时，心里忍不住欣喜，却又掺杂着一丝莫名的失望。乔葛站在那里，脸上依旧有着安静的笑容，只是，身旁没有那辆蓝色的单车。夏易对他微笑，在回家的路上，相互讲述新班级里的趣闻，一阵阵的笑声显示出这是一次快乐的交谈。可是，当单车后座上的记忆在脑海里重现时，夏易还是听到了心里失望蔓延的声音。

天气渐渐变凉，当夏易穿上她心爱的白毛衣的时候，她与乔葛已经成为了熟络的朋友。她似乎已经习惯了在放学的路上与乔葛同行，乔葛偶尔会做一些她喜欢的恶作剧。比如，他会站在夏易身后，伸出手拍一下夏易左边的肩膀，却又很迅速地转到夏易的右侧，在看到夏易转过身错愕的表情时，快乐地笑出声来。夏易也常常会给他讲一些冷笑话以及她喜爱的诗词。那些在交谈中产生的关于快乐的记忆逐渐将单车湮没。那条有着一棵高大合欢树与一排排坏掉的路灯的马路，在夏易的心里一点点延展，无数次地出现，有着夕阳下美丽的金属色泽。

夏易在书上看到那一句诗时，心里泛起浓烈的伤感。她一遍遍低念"从此无心爱良夜，任他明月下西楼"，那样一种凛冽的绝望与悲伤，在耳边呼啸，有着尖锐的疼痛感。水汽在眼里悄然弥漫的时候，夏易想到了乔葛。她迫切地想要把这一句伤感的诗与他分享，那些她读到的关于漫长等待最后却只得到失望时的落寞心情，她想要说给他听。放学铃响起，夏易背着书包经过乔葛教室的门口，浅灰色的木门紧闭着，却可以依稀听到里面老师讲课的声音。夏易没有停下脚步，只是刻意放慢了速度，从来未曾相约过放学后一同回家，而那些快乐的交谈也只是以路上的偶遇为前提。

那么，缓慢的行走也应该算是一种等待吧。

夏易一步步走下楼梯，走出大门，走过那棵她喜欢的合欢树，走到她需要转弯的路口，那个会在背后拍她肩膀的少年却始终没有出现。

夏易坐在台灯前写作业的时候，忍不住又在心底默念了一遍那句诗，而这次眼泪大颗大颗掉下来，一滴滴落在纸上，晕出一团团模糊的忧伤。

当夏易再次坐在乔葛的单车后座上，她不清楚为什么他又开始骑单车上学，也不想问，总是会有原因的吧。她看着他的后背，开始有了微微的陌生感。沉默所引起的尴尬气氛在空气里晕开，想要找机会告诉他那一句诗还有关于这句诗的所有感受，却突然发现，所有的开头都显得突兀与不自然。夏易在心里否定一个个打破沉默的方式，在望到那一个分别的路口时，勇气却突然溢满整个胸腔。女生微颤的声音在空气中响起，多少还是显得有一点突兀。

"前几天看到一句诗，很感人的。"

"真的吗？那说出来听听啊！"

男生停住单车——因为到了需要分别的路口——转过身，认真地看着夏易。

"到家了，下次再说给你听吧，再见。"

乔葛张了张嘴，却没有再说什么，只是微笑地告别，然后骑上单车，消失在夏易的视线里。因为在仓促的时间里无法讲清楚，所以还是选择了沉默。夏易在一个人走向家的路上，脑海里闪过那一辆蓝色的单车以及从童年时期就开始的对单车的拒绝，失落的心情悄悄衍生出一丝丝对单车的怨恨。

夏易决定说出那些话是下了很大决心的，单车的速度大大缩短了她与乔葛在一起的时间。而那些想要说的话，想要告诉他的诗句，在一次次仓促的决定推迟后，逐渐在记忆中湮灭，不曾出现在本该听到这些话的男生乔葛耳边。这次，坐在单车后座上的夏易，在说出诸如"天气真冷啊"一类的用作铺垫的话后，直奔主题。

"现在天那么冷，你骑单车会不会冻手啊？"

"不会，戴着手套呢！"

"其实，冬天没有必要骑单车上学，走着会暖和些的。"

"呵呵。"

男生短促的笑声中蕴涵了什么，夏易听不出来，但她已经没有勇气再说一遍。她习惯提前设想好场景与对白，却会在面对与设想不一致的答语时，手足无措以至于只得保持沉默。

新的一年到来时，夏易十七岁。

女生夏易不再出现在男生乔葛的单车后座上，当然，这并不是因为乔葛听了她的忠告，放弃骑单车上学。而是，乔葛的单车后座上开始固定地出现一个女生，那么，这就意味着，十七岁的夏易失去乔葛了。

在很多个有着美丽夕阳的傍晚，独自一个人走在放学回家路上的夏易，在看似不经意的扭过头时，总会看到骑着单车，笑容明媚的乔葛，载着安静的低下头的女生快速驶过。

那些瞬间激荡起来的风，从她单薄的青春里穿过，无声无息。

夏易曾经固执地喊出过乔葛的名字。男生推着车，走在两个女生中间，夏易不停地转过头看身后，周围安静得快要凝固的空气产生细小波动，却又很快恢复。乔葛刻意找话题与夏易交谈，语气里有着为顾及夏易的自尊而怕冷落夏易的勉强与善意。夏易听出来了，于是，只是安静地对着男生微笑。心里却一阵一阵闪过强烈的悔意与悲哀。

夏易一个人走的时候，脑子里会一次次闪过关于乔葛的画面。那些她走在前面，乔葛为了追上她而在风中奔跑，然后不住咳嗽的场景，那些乔葛脚受伤时扶着她的肩膀缓慢行走的场景，波澜不惊地一遍遍出现，却又一点点开始变得模糊与遥远。夏易读小说时，看到那些关于男孩骑着单车吹着口哨的潇洒与女孩子坐在单车后座上的甜蜜描写时，总是很直接地跳过。夏易在想：自己的青春里，那些关于单车的所有美好的场景永远都不会出现了吧？自己所能做的，也只有用脚印丈量寂寞，回过头，看络绎的失望与悲伤覆在自己十七岁所有的年华上，永远这样平凡甚至昏暗地走着，无穷无尽。

下雨天，没有带伞的夏易慢慢地走着，细小的雨珠沾湿额前长长的刘海，心情莫名低落。忍不住扭过头去，骑单车的乔葛，笑容依旧明亮，单车后座上的女生手臂放到乔葛的肩上，手里天蓝色的雨伞如一朵盛开的花。夏易发现乔葛往自己这边看，便慌忙躲到绿化带植物后面，一滴雨落在眼睫毛上，又很快滑进眼睛里。夏易用手抹一下眼睛，看着手背上的水痕无奈地苦笑，在转过身的一瞬，却惊奇地发现绿化带的杂草中有一株合欢树的幼苗，细细小小的样子，叶子上沾有水珠。夏易伸出手触碰那些小小的叶子，于是，在夏易最落魄的时候，一株合欢幼苗成为了她的朋友。

乔葛骑着单车，在夏易的视线里一次又一次经过，那株合欢幼苗也一天又一天长大，枝干渐渐伸长，逐渐开始突兀地伸向马路。夏易每一次经过它身边，无论心情低落或悲伤，都要对它安静地微笑，因为只有它看见了她的失落与等待，懂得她的悲伤与无奈。然而，当夏易看到躺在地上的那株合欢时，它的叶子已开始微微发黄，单车轧过叶子留下的绿色液体在水泥马路上渗出浅浅的痕迹。夏易面无表情地从它身边走过，暮春时节的空中开始有杨花和柳絮飘荡，那些白色的纤维，如同那些瞬间老去的心情，悠悠低舞，最终苍白地落下。

暑假开始前的一个下午，学校里的空气弥漫着刻意压抑的兴奋味道，终于在一声铃响之后，那些从各个班里涌出的不停说笑的学生渐渐会集，然后向着大门的方向流去。夏易缓缓地收拾书包，然后在座位上发呆，等到她走出教室时，校园里只剩下零星几个学生。她走出校门，看到了那辆熟悉的蓝色单车，此刻，它孤零零地待在车棚里，等待着它的主人乔葛。夏易走到它跟前，伸出脚狠狠地踢过去，"咣"，在单车倒下激起的尘土弥漫的空气中，夏易看到了乔葛惊愕的表情，她安静地对他微笑，然后说声再见。露出的脚趾，细小的血珠不断渗出来，夏易转过身，一跛一跛地走远，夏日的夕阳下，佝偻的背影有着悲壮的色彩。

暑假结束，夏易推着红色单车走出家门时，看到灿烂的阳光，开始浅浅地微笑。骑上单车的夏易有着久违的轻松与快乐，关于单车后座的记忆已经淡忘。阳光暖暖地洒在路面上，夏易沉醉于这美好的阳光之中，甚至于不曾听到汽车响起的尖锐的鸣笛声，当单车缓缓倒下，夏易从空中坠落的一瞬间听到那些散落在路面上的阳光，发出的细小声音。

叮叮叮……单车轧碎了所有关于十七岁的青春。

作者简介
FEIYANG

　　杨逸飞，男，17 岁。（获第十一届新概念作文大赛二等奖）

未果  ◎文/宋南楠

一

　　淫雨霏霏的天气是让人最难以呼吸的，出自内心地难以呼吸。

　　公车内人很少，但上上下下的人却不同，就像都有使命存在于这个世界上一般，各不关联，却往往有相连的交点。透明的液体打落在窗外"嗒嗒"鸣起，乘客都不带任何表情，我深深默视窗外，这车真的挺像送葬的灵车。

　　喜欢紫色的人是浪漫的，特别是男生，但喜欢红色的女生呢？

　　我想我若今天不出门，我生命里永远不会有这么一天。我不懂，路过的道路旁，为何有一个喜欢红色的女孩仇视地凝视着我，不，是凝视着这一世界里随缘的每一个人。她是特喜欢红吗，是否？无奇，看见她的人心都会触动一下，真实地跳动。红，能幻想一二，她那灰黑色的长发居然滴落红色的液体，在这雨天，普通的树下，普通的马路旁，一个不普通的女孩子坐在那里了。

　　那双眼似乎跟着这辆车前行，又到末处了，却不能忘怀。

谁又知道，我竟能再碰到这一奇怪的女生，还是在那铺满风尘的校道上。我想我很在乎她，一个让我感到传奇的女孩子，一个眼里无任何焦距茫然不透的女孩子，一个灰黑色头发又喜欢红色的女孩子，是俗中的传奇，还是传奇中的俗？

楠生。

这是小老师无意间告诉我的。可我相信世界上任何一个母亲都不会无意间说出自己儿女的名字，于是我便断定了她并不怎么喜欢她。没错的，是不喜欢的。因为我没有看过这么一对冷眼旁观的母女，荒天下之大谬！

脸上的哀伤，是永远抹不掉的痕迹。这是我在书面表达的时候写下的句子，我直接将自己的手写稿扔到楠生桌上，她不怎么高，于是手写稿从她的头上飘落而下，落入了她的手中，让我相信，除了贞子，这世界上还有这么白的人。

她似乎是一字一句读的。许久也没有要还我的迹象，我便笑自己无聊，跟一个类似陌生人的俗女扔下我的书面表达，还是冒着未交作业的风险。可是那瞬间她却站在我跟前，就地两手锁住我的肩直接放到了背上，眼睛都睁大了，茫然了，这是除了她班里一切生物的唯一表情。

她在我耳边说，轻微的声音不足以震动我的耳膜，又似乎小得让我只能模糊听见："你，我在哪里见过你，窥心魔！"

窥心魔？！我笑了，似乎第一次隐约听到她的声音，特别！

"我是那个被你用红眼仇视的公车内的男生，你别忘了。一句话能成为窥心魔的人是我亦尤。"我这句话平凡得让我自己也觉得实在是太他妈的平凡了。我轻轻地推开她，告诉她女生不要随便抱陌生的男生。

哦？

我第一次看到她眼里有焦距，而眼球里面的那个人，是我。

二

作为一个男生，却对那双双情侣表现得那么敏感的，可能就只有我一个了。

校园可能是最能体现花季的地方，而表现花季的方法永远是不变的恋爱。恋爱是花季的甜蜜也是悲伤，只能说"朝花夕拾"。如果鲁迅他泉下有知听到我所说的话，必定无奈至再潇洒死一回。

而我却变正常了，隔几天就陪楠生逃几节课到"季"写书。想不到"季"那边的环境这么好，一间小型的书屋，竟然有写东西的地方，还时而有几个著名的作家逛过，若不是在书内看过他们，还真不敢想象他们会到此写作，还是真"书香满季"。背靠着满书的书柜，朱红色的带点古风。

楠生隔一段时间会凝视着我，我呵呵地拿着饮料就喝下去，知道我介意她也不尴尬，只是目光转到窗外一片风景。

"亦尤，又写书？"眼光一直滑到了对面的书室，是翼与伊。想不到他们亲热竟然选这里，还是逃课来此搂搂抱抱，我取笑他在老婆面前装文人，想不到伊却说话了："翼，我们别理他。走，我下午还有课。"我无奈，第一次看女生对男生和男朋友的态度是这么大差别。

想不到就在翼踏出书室的一步，楠生勾起我的手，灰黑的长发流过我的脸，跟着她的脚步向前走去，像墙壁一样挡在翼与伊的前面。

"亦尤，我们走，别理他们。"

那条路不知有多少花落过，不知有多少新生走过，一切似乎都很漫长但又飞快地流逝。稍微瞥见她的脸，虽是几秒钟的事情，却是一个世纪在跑。我把一切无感的垃圾都记在那"季"中，谁知道那是因为所谓的无心，而在无心中又捡到了少许有心，带着心的悸动一直飘浮在这个春天。

我问她，刚刚为什么要那么做？

她只浅浅地回答，懂我的人不应受到那种待遇的。

破天荒地，我竟然不觉得这句话是自大的，是因为语气还是因为其他？看着她抱着那个饱饱的包包，我忽然间在她面前笑了。

楠生，你真是一个很特别的女孩。

我在那人来人往的大街上大喊，或许有很多惊异的目光因此而投向我，可我已经看到我所愿的目光，微笑的双眸。她那天告诉我名字的定义，很短，很短的一句话。

——因为我妈妈并不希望出生的是一个女儿，我诞生后，取名为楠生，其实是生男。但医生却偏偏说她已经意外丧失了生育能力。

我看着她的眼神，比霏霏淫雨下的她更血红。

<h1 style="text-align:center">三</h1>

世界上注定谁要对谁好，不知道你相不相信这一定律？

你或许不记得物理那欧姆、焦耳定律，可是你不能忘了这一定律，因为生命会帮你记载，逃不过的。总有那么一个人让你对他（她）比对自己还要好，这就是这一定律的残忍。它会使你偷偷地将课堂笔记塞给一个爱神游的人，强迫自己微笑地写好笔记里面的一笔一画；或者是因为一句话，千里迢迢去小店帮她买瓶水等等。

而她也总是惊异地看着你。

扔来一个小纸团。

——幸亏你，我没有被孤立。

谁又知道这纸团在课桌下，老师下，递来递去，余温一直不能消去。

——你为什么总喜欢红色？

——谁告诉你我喜欢红色了。

——你那天为何脸上都是红色的液体往下流，而且你眼睛经常是红色的。

她没有再扔过来了，直接转过来骂我看见的是幻觉。按照班长苏苏常说的，通常看见幻觉的人都命不久矣了。看着春风扶持下的绿叶摇动的样子，转过头来的我却发现了一件意外的事情。

班导拉下脸把我踢到了门外。我大叹，这个社会真的是没人性。

午后。

幸好只是春天的午后，能够睁眼只是正对着太阳的电线杆看到那个女生，漫步在电线杆下，校服上还泛着光，校服裤上随行的草草花花的，看上去像是在唱着欢乐颂。她踏出的每一步似乎都很随意，可是很沉重。

那个男生冲上去了，说，楠生。

而那个男生还习惯地帮她拍了拍裤脚。可是她眼中突然茫然了起来，伴着微风对他说，我一直不能记住你的样子，亦尤。为什么呢？那个男生抬头看了她一样，又沉默地继续他已习惯的工作。

你为何对我这么好？那个女生坚决地让他回答。

那个男生说，因为这就是命中注定，楠生。So……你是不能看不见我的，即使你会永远记不得我的样子。那雨天不应让我见到你，或者说你那时目光不应在我身上的。那么我们才只能是乘客，路人。

平淡永远是生活最美的一点。

而用第三人称叙述自己的故事是最痛苦的表现。

四

翼与伊分手了。

这个消息弄得学校沸沸腾腾的，好比当年讨论某明星娱乐新闻。

看着一层层灰从火点上掉下，一圈圈黑条瞬间被燃起，然后变成灰。终了，末了，还是会被换上新的。这是一晚呆呆地看着蚊香发现的，蚊香气味很浊，似乎想让人跟着那些蚊子一起窒息，然后去拜见阎王。

玩弄着地上的灰，这灰色比起楠生的长发实在差太远了，但我偏偏突然又喜欢上这一种颜色了。开始无聊地在上面放一些烟灰，我不喜欢烟的味道，所以烟灰也是偷某某人所珍藏的私人烟灰盒里面的，真是可笑。

某某人和某某人还是喜欢谈论翼与伊的事情。

"说分手？是看出来的，内幕应该还有得挖。"

"你就别八婆了，小心人家八哥不要你。"

"谁要娶个老鸟，还要是同性恋啊？"

最后以某某人骂一句英语的"他妈的你给我闭嘴"为句点。

想不到一个星期后，被叫入教师办公室的人却是我。而我偏偏又看到那么不堪入眼的一幕，萧老师喷了楠生一脸的唾沫，那条棒子在半空挥下，落在她的校服上，换来我一阵感同身受的痛楚，接着，便是一阵奚落。

是她，刚刚走出去的苏苏说的，萧楠生和亦尤在早恋，不信你可以问翼与伊。

最后伊承认了。

"你，为什么连我这老脸都丢。早恋？学人家早恋……"一样的狠话，一样的地点，一样的执棒者和被打者。那个男生跑了进去，握住了那条棒子，挡在那女生的前面，歇斯底里地喊，她没有。

她没有？那你为什么有这样的举动？……

一切似乎像一条线，纠缠住的线一样。

"你们够了……"那个身影，跑出去的女生，留下那一个身影。她永远都不相信她的任何一句话，这就是世界上最远的距离。

五

春、夏、秋，似乎是一起流逝的；永远地流逝了，这一年的春夏秋。

有一个男生追出去说，我想永远跟你做朋友。

朋友？

为什么那个男生把喃喃念在心里的话一口气地说出来，并且让宙斯那神嫉妒了。永远没收了一句话，还一个人。

她，真的很喜欢红色啊。

连她留给他最后的礼物，还是一片红。心里奏起《安魂曲》的红。应该由谁告诉那个男生呢？那一切的红，都是她母亲赐予的。一巴掌打得头破血流，因为被漠视而血丝布满整张脸。还是与他同漫步的那个俗女，楠生。

一个不是男生的楠生。

可是那个男生却不知道她究竟会不会偶尔在那一片血红的地方记起他。

冬天，男生离开了那间学校。

再怀念起那位女生是在一辆公车上，看窗外的时候，又一个喜欢红色的女生站在人行道上……

原来生命中始终会有这一天，未果。

然而，这个男生是我，也就是那个叫亦尤的人。

作者简介
FEIYANG

宋南楠，1993 年出生于广州，天蝎座，双重人格的小狐狸，有时阳光有时忧郁，文字也同心情转变而三百六十度大逆转，时而简单明了时而写什么自己也不知道，最大的梦想是建一栋蓝楼实现狐狸的蓝楼梦，最爱的人是爷爷（木木）。狐狸爱写作，狐狸也爱观鸟、爱画画，在悠长悠长的人生里狐狸不会寂寞，只会每天幽默。（获十一届新概念作文大赛二等奖）

我与金毛寻回犬先生的一天 ◎文/杨雨辰

2009 年 3 月 26 日早上我没有定闹钟，韶华的电话也没有一如既往地打来叫懒猪不要睡了，让我赶紧起来刷牙洗脸。于是我就一直昏昏沉沉地在梦里面梦到了一只漂亮健硕的金毛寻回犬，我牵着它逛街。然后就是在这个时候，我接到了金毛寻回犬先生的电话，我想当然地以为我是在做梦。

金毛寻回犬先生的声音很沉稳，但发不出标准的平翘舌音，以及前后鼻音，它用模糊的非人类的非普通话向我道了晚安之后，又立刻向我道歉说自己的人类语还不够熟练，现在应该是早安吧。

我躺在床上左手抓着电话，右手努力掐自己的大腿，掐得自己热泪盈眶。我的眼泪伴随着金毛寻回犬先生在听筒那头砸吧嘴吞口水的声音，从左眼眶涌出，汇聚到右眼，又一粒一粒砸在枕头上，发出扑簌扑簌的声响。

金毛寻回犬先生的听觉与嗅觉果然很灵敏，它说你怎么哭了。

我连忙说没有没有。

金毛寻回犬先生说它要带我去朱家角。我们约在人民广场见面。

我急匆匆地起床洗漱，慌乱中把洗面奶挤到牙刷上，刷得满嘴都是油腻的怪异味道。然后我擦干脸，往脸上拍了柔肤水，抹了佰草集的日霜。近几天皮肤状况不很好，就没有化妆，只是涂了点唇彩。我自欺欺人地想着这样可以阻止我的食欲。我已经两天没有吃饭了，我在减肥，因为韶华的一句话，他说他喜欢瘦得只剩下一大把骨头的女孩子。我一边恶狠狠地说那样的女孩子抱起来像骷髅多硌得慌，一边努力地克制自己想吃肉想吃甜食的欲望。

从徐家汇到人民广场乘地铁只要二十来分钟，所以我很快就到了目的地。

我给金毛寻回犬先生打电话，它说今天从上海动物园出来就一直在堵车。

我说好吧，我等等你。

于是我到广西北路的"HEYA摇茶"给我们买饮料。我给自己买了一杯芒果冰沙，我站在柜台边上想了半天金毛寻回犬先生会比较中意哪种饮料，服务生的表情厌倦且嫌恶，她不耐烦地问我："你到底要什么。"我最后决定给金毛寻回犬先生买一杯茉莉花茶，我叫服务生不要放糖了，因为我以前看到书上说狗不可以多吃糖分高的食物。

在服务生用搅拌机打碎芒果与冰块时，我坐在柜台边的高脚凳子上，翻看一本时尚杂志。那本杂志厚得足可以夹死一只成年蟑螂。彩页中的女人们化浓重的彩妆，眼影赤橙黄绿青蓝紫，摆出暧昧挑逗的眼神，嘴角一抹若有似无的微笑，固定好了妖媚的造型。她们早已修炼成精，为祸人间。

我正提着装茉莉花茶的塑料袋往人民广场走，就接到了金毛寻回犬先生的电话。它说它到了。我跟它说我马上就到。接下来的几分钟后，我就在来福士广场门口看到了金毛寻回犬先生。

我一直都很喜欢金毛寻回犬，所以一眼就从人群中望到了金毛寻回犬先生。它蹲坐在离地铁站出口不远的地方，表情严肃平静。见到我来，金毛寻回犬先生就冲我摇摇尾巴，把舌头吐出来对我微笑。我想这是狗类表示友好的方式。我家养的那只小腊肠犬开心的时候也常常掀开嘴唇，露出参差的狗牙对我笑。

我把茉莉花茶递给金毛寻回犬先生,它用两只后腿支撑自己,站了起来,平衡保持得很好。我帮金毛寻回犬先生把吸管插到杯子里,它就两只前腿捧着茉莉花茶喝得"滋滋"响。很快,它就把满满的500毫升的茉莉花茶一口气喝完了,吸管被它咬得扁扁的。然后金毛寻回犬先生忧伤地告诉我,它前一天失恋了。

我说,哦。

金毛寻回犬先生带我过了一个天桥,它用四只脚走路,走得很快,我基本上要小跑着才能跟上它的步子。路上有讨饭的老太婆找我们要钱,金毛寻回犬先生好心地给了其中一个零钱,然后一路上就一直有老太婆找它。我心想看来这只狗还不懂为人处事的道理。有些人,总是对别人索求无度的。他们摆出可怜兮兮的样子,其实并不可怜。

我们到了沪朱专线的公交车站,车就停在那里,我和金毛寻回犬先生坐了上去。车上人并不多,但是空气很不清新。我坐在金毛寻回犬先生的边上,它背上的毛很柔顺,与我的胳膊摩擦了一会儿就起了静电。我们相视而笑。但是金毛寻回犬先生的眼神落寞并且悲伤。我抱抱它的肩膀告诉它没关系的,我也经常失恋。金毛寻回犬先生对我轻轻摇摇尾巴,舔了舔自己的爪子,又用后腿搔了搔耳后。

金毛寻回犬先生告诉我,它的女朋友是一只拉布拉多犬,有很漂亮的短毛,金毛寻回犬先生闭着眼睛说,那太迷人了,真的。拉布拉多犬小姐的眼睛很大,很明亮,它爱吃动物肝脏,所以背部的毛也有金属的光泽。它们在一起五个月,可三个月前动物园来了一只藏獒,拉布拉多小姐就被它吸引了。这件事情一直瞒着金毛寻回犬先生,可是拉布拉多小姐的肚子越来越大,它昨天不得不对金毛寻回犬先生坦白,并且告诉它,它已经和藏獒做好了迎接小宝宝们的准备。于是金毛寻回犬先生只好选择了默默地退出,它并不想跟藏獒单挑,绝不因为它不是藏獒的对手,而是觉得即使赢了也是徒劳。金毛寻回犬先生说,我输了小拉,就算赢了全世界又如何。

金毛寻回犬先生痛不欲生,于是今天早上打电话给我,要跟我一起去朱家角。手机是它捡到的，只是在通话记录里随便按的。我想大概是 Ａ 君的手机，他说他前两天陪女朋友去上海动物园把手机弄丢了。

公交车司机开车技术很差，车身一直摇摇晃晃，晃得我几度想要呕吐。天气很不错，阳光透过窗户斜射入我的眼睑，我看到的一切都是金色的。车窗外的树渐渐变多了，房子越来越矮，我们逐渐驶离市区。

路上我们就没再说话，金毛寻回犬先生把前腿搭到我的腿上，下巴枕在上面。我把头枕在金毛寻回犬先生的背上，软软的都是阳光的味道，我觉得很舒服，还睡着了一小会儿。我们一人一狗就是这样用奇怪的姿势一直保持到下车。终点站朱家角。

我是在北方一个沙尘暴肆虐的城市长大，空气干燥，房顶都是平的，很少有机会看到这样尖尖的房顶，屋檐的四角要翘上去。整片整片的小区都是这样的楼，我甚至还看到了一幢楼上有白底红字的肯德基的标志，这让我很是纳罕，我还从没有见到过这样的肯德基招牌，没有肯德基爷爷的头像。

金毛寻回犬先生问我饿不饿。我说暂时还不想吃东西呢，我们到镇子里面先走走好了。金毛寻回犬先生说好。

我们走的本镇居民通道，混入当地人的行列进入朱家角小镇。金毛寻回犬先生感到局促不安，四肢迈错了步子。我说不要紧的，我们不会被认出来的。果然我们畅通无阻，当地的土狗还淡定地看着我们，跟金毛寻回犬先生点点头。

我就真的看到了白墙青瓦的小房子，临水而筑。有木质的船漂在水上，船夫时不时划两下桨，船就缓缓地顺流而行。堤岸两边的柳树已经发了绿芽。金毛寻回犬先生说，似乎闻到了夏天的味道呢。花粉飘散在空气中，又被我吸到鼻子里面，我有轻微的花粉过敏症状，于是我就不停地打喷嚏，金毛寻回犬先生看着我微笑。

我和金毛寻回犬先生路过一座叫做放生桥的地方，它说这个地方是放生金鱼乌龟的，不过似乎那些条金鱼啊和乌龟都是被循环利用的，放生了再捞，捞起来就继续被放生。说话间就有一个老太太拎着几个塑料袋过来了，向我推销她的金鱼。她说放生一套全家福五块钱，保平安的。我说那我买一套好了，递给她十块钱。她又继续说，再加三块钱拿走两条代表发财的金鱼好了，我看那对金鱼真是伶俐可爱，就说好吧。她还是没有停止，又跟我说这一条白鱼是代表白头偕老的……我说那十块钱你不要找了，把你手上的鱼都卖给我吧。老太太兴高采烈地把两只手提的六七个塑料袋，一共二十来条鱼都给我了。我说你不会在底下放个网，我刚放生你就把它们捞上来吧。老太太说不会不会，绝对不会。走之前，她一直对我说祝你一生平安幸福。

我和金毛寻回犬先生来到河边，我蹲在临水的小台阶上，台阶下面长满了青苔，我让金毛寻回犬先生帮我拎着那些塑料袋，它把尖尖的嘴巴伸过来，示意我挂到上面。我问金毛寻回犬先生要不要放生金鱼，它小心翼翼地说不用了，塑料袋里面那些被老太太赋予了美好愿望的金鱼随着它说话的频率轻轻地晃了晃，金毛寻回犬先生就缄默了，唯恐它们流出到岸上。

我最先放的是两条橙色的金鱼，我也忘了它们是代表健康还是平安了，我就看到两条金鱼在塑料袋里稍微挣扎了几下，就游到深处去了，隐隐约约还是能看到几尾橙黄的颜色。然后我把空塑料袋放到旁边的船头上。接着放生那两条红色的金鱼，我记得它们是代表财富的，可是第二条却不幸在塑料袋里面搁浅，半天游不出去。我惊叫着，不停地往塑料袋里面灌水，它总算是出去了。我伤心地对金毛寻回犬先生说，看来我将来财运不济啊。那一尾白色的金鱼，据说是代表白头偕老的，我看到它身上的鳞片已经残缺不全了，于是我在想这是身负了多少人的白头偕老的愿望的金鱼，不知道是因为不堪重负还是被人多次打捞起来，成了那样惨不忍睹的模样。把手伸得远远的，希望它也可以游得远远的，肩负着我们这么多人的愿望，沉到水底。最讶异的是那群鱼里面竟然还混有两条泥鳅。我把它们放生了以后，还有一条不停地往我的方向游，差点搁浅在岸边的台阶上，被我送了回去。其中一条金鱼也是不停地浮出水面往回游，被我挥手赶到水深处去了。金毛寻回犬先生说它们都通了灵性了。其实我也愿意这么相信，而不是觉得它们只是由于缺氧才那样。

　　一只猫蹲在桥的台阶上，旁边还放置着几椽破旧的窗户。它看到金毛寻回犬先生不害怕也不逃跑，就蹲在原地抬起头朝我们叫。虽然是逆着光，猫的瞳仁依然被照射成了枣核状，它眯着眼睛，耳朵偶尔动一动，将尾巴藏在身后。我翻了翻包，除了纸巾和钱包，就没有别的什么了。金毛寻回犬先生用鼻子嗅一嗅它，如若是平常的猫，一定会弓起身，竖起背上的毛，露出猫牙"嘶嘶"地叫。可是那只猫却不害怕的，还异常温顺地"喵呜喵呜"着。这是我见过的一只很神奇的猫。不过金毛寻回犬先生也是我见过的一条很神奇的狗。

　　朱家角有很多这种类似的桥，从桥上过，你总可以看到青瓦白墙倒映在水面上，偶尔有一两条鲫鱼或者金鱼从水面跃上来。巷道与巷道之间隔着水路，潮湿阴仄的地方多处生了苔藓，我想夏天一定会招来许多不明品种的小飞虫。金毛寻回犬先生鼻子一耸一耸的，它说它有花粉过敏症。然后作出要打喷嚏的样子。

　　我们在路边的一个小店吃的饭，金毛寻回犬先生点了两个素菜，还有一盘四只稻香扎肉，用粽子叶包起来的肉，鲜香无比，我咬了一口，油就从嘴角边哗哗往下流，我夹起一只送到金毛寻回犬先生的碗里，它说它今天不要吃肉，偶尔吃素也很好，它衔起一根青菜吃得津津有味。我将一盘肉，金毛寻回犬先生将一盘青菜吃掉以后，我们重新回到石板路上。

　　路上我又买了一只粽子，吃得满手黏糊糊的，觉得其实还是杏花楼的真空包装粽子比较好吃一些，金毛寻回犬先生说它最近几天消化不良，不能吃糯米。我用纸巾擦手，被擦碎的纸巾变成了纸屑，黏在手上，那种感觉就像是两个藕断丝连的人总是在漫不经心的时候又被对方拉回到分手的原点，然后再重复一遍从暧昧到争吵再到信誓旦旦地说要老死不相往来的过程那般的黏腻。我们找了个地方洗了洗手，金毛寻回犬先生就着水龙头舔了好几口水喝。

那些窄小的弄堂大概是江南水乡这些地方独有的，北方胡同的背阴处也没有这样的潮湿，在阴暗的角落里生长了不知名的矮小植物，以及那些用指甲盖刮擦就能被除去的一层薄薄青苔，却总也刮不去那些将逝未逝的爱情。

诶，说说你和你的男朋友。金毛寻回犬先生走路的时候四肢上柔软的毛都随着风和它走动的频率相一致。

我们没什么好说的，就是两个根本不相干的人莫名其妙地在一起了。我拿出手机假装看了看时间，没有电话也没有短信。我试图让自己相信他在忙。

想他就打电话给他啊。金毛寻回犬先生笑了笑。

我才不要给他打，每次都是我给他发短信打电话，这样时间长了会惯坏他的，不能让他觉得我在想他，不能让他知道我很在乎他。我这样说。

我不明白为什么你们总是喜欢把事情搞得那么复杂，我常常都是这样，想它了就叫两声告诉它我在想它，我时时刻刻都要让它知道我很在乎它。金毛寻回犬先生说。

所以它才跟别人走了。我小声咕哝着。我忘记狗类的耳朵是很灵敏的，然后我看到金毛寻回犬先生垂下眼睛看自己的脚，不再说话了。

我说："对不起，我不是那个意思。"

没事，我只是想所有事情其实都能变得更简单一些。金毛寻回犬先生的眼角闪过一丝阴翳。

"好热啊，我请你吃雪糕。"我指着一家简陋的小店企图转移话题。

冰柜里面有巧乐兹，冰工厂，百乐宝……我要了一个三色杯。金毛寻回犬先生选了一支酸奶雪糕，我帮它剥开包装，于是就又看到了金毛寻回犬先生两只前爪抱住雪糕，两只后腿直立起来走路的样子，很滑稽，可是我一点都笑不出来。

小弄堂里还有许多小咖啡馆，向阳，在门口附近挂一个木牌子，简单地用油漆刷下了咖啡馆的名字，或者就直接在墙上写，旁边有一些涂鸦。我们一路走过去，还有专门卖火柴的小店，玻璃柜里面展示出各种主题的火柴盒，柜面上贴着"允许拍照"的字条，反而打消了我想拍照的念头。人总是这么奇怪的一个动物。

我们就在小桥边坐着，什么都不做，就感觉到时间仿佛被拉得很长，很远，像我们的影子一样。晒着就要落下去的夕阳，想着如果每一天都这么平静得波澜不惊，该是多么幸福的一件事情。我在想金毛寻回犬先生说的那句话，很多事情其实没必要搞得那么复杂。于是我给韶华打了个电话，他接了。

我说，你在干嘛？

他说，我在值班啊，今天很忙，你在干吗。

我说，我和朋友在朱家角玩。

他说，嗯，你玩吧，你高兴点。

我说，你好好值班，还有我很想你。

他说，我也是。

挂掉电话，看到金毛寻回犬先生咧着嘴朝我微笑。我对它说，很简单。

我们是在接近傍晚的时候从朱家角出来的，我们坐上了回人民广场的沪朱专线，似乎没有来的时候那么难受到想吐了。我抱着金毛寻回犬先生的头，枕着它睡着了。

醒来的时候我们已经到站了，金毛寻回犬先生舔舔我的手背，说，到了。我揉揉眼睛，跟着大家一起下车。

金毛寻回犬先生说，我要回上海动物园了，谢谢你今天可以出来，我很开心。

我说，我也是。

它掏出手机，说，这是你朋友的吧，帮我还给他。

我说，嗯。

金毛寻回犬先生对着我摇了摇尾巴，说，记得下次到动物园找我，我们一起去看小拉的孩子。

我说，好。

金毛寻回犬先生抖抖身上的毛，说：再见。然后它转身。

谢谢你，再见。我对着金毛寻回犬先生的背影轻轻说。我知道，它听得见。

作者简介
FEIYANG

　　杨雨辰，女，1988 年生，曾在上海读高中。(获第九届新概念作文大赛一等奖，第十一届新概念作文大赛一等奖)

第 3 章

一种浸染

没有人唤醒我，唤醒在一整个春天酣眠的我

初春寒夜  ◎文/余欣

　　星期六，父母不在家。他们有他们的世界，我有我的世界。他们在他们的世界里，我在我的世界里。

　　自己草草吃过东西，看着白色的墙和黑色的窗，不如出去走走吧。

　　城市依然灯火阑珊，全不因我而特别。人依然行色匆匆，全不因我的停留而停留。于是，我明白了，总看着一处并不遥远的灯光很傻，于是，我全不由自己地向某个方向走去。

　　这时，天又飘起了雨，这初春的雨，并不因她的名字而滋润，却沁着冷冷的感觉。我快步向前走去，以逃避身后的寒冷和寂寞，可它们却越是残酷地笼罩了我的世界。于是我停下了，哈了一口气，告诉自己。真的，没什么。

　　抬起头，看见这夜第一个看我的人。这位老婆婆无疑是慈祥的，我不是孩子，我只是看着她微笑。然后，便有了一瓶暖暖的饮料在手里。我想，这或是一种邂逅吧。在我深陷极寒时，温暖了我的心，哪怕这只是一个小小的交易，但它让我觉得，我是存在在这个世界上的，我的像会成在周围每个快乐的人的视网膜上，于是我用手搓了搓这暖暖的东西，从广场只有我一人坐的长椅上站起来，我告诉自己，这样很傻。

小雨还是淅淅沥沥地下。北方人，会否觉得浪漫呢？我想，雨总好过雪吧，雪是死掉的，厚厚地盖在地上，被人厌烦地扫向一边。雨却要在这世界洒下奇妙，让几多人看着它独自伤感。当寂寞和雨混在一起，便会有一种冷冰冰的味道。但此刻，聊以自慰，我总有影陪着。

穿过热闹的广场，我想从小路回家。如若走公路，看着恍如隔世的欢乐的人群，再看看自己和永远是黑色的影子，会觉得分外冷的。我不会，也不敢去考验我对寂寞病毒的免疫。于是拿着那瓶尚存余热的饮料，我和我的影子走了似乎冷寂的小路。

可有些事，做了才知道错了。看着远处广场越显昏黄，也越显温暖的灯光，我发现，我不该离开。小路没有灯光，影子离了我而去，这时，我便只一人了。我还是向前走着，似乎没有动力再支持我了，我满心凄凉。突然想起那暖暖的东西。却发现那已只是曾经暖暖的东西，打开盖子，灌进嘴里，刺痛了我的喉，也刺痛了我的心。多少事是这样啊，过去了来感叹，那曾经的最美。连那一丝的温暖也离我而去了啊。

不觉中发现雨还在下，似乎并不那么冷了，我那样告诉自己。可一阵着实刺骨的寒风风化了我的谎言，我又打了一个寒噤。周围，是漆黑的。我想，在没了光明，没了温暖，没了陪伴，没了安慰的时候，我是什么呢？

我是个自命不凡的人，可在这一刻，我认识到了一个人的渺小。在这一个万千雨滴飘飞的夜里，我是那么的渺小。渺小到我不知道如何在这雨夜中站立而不战栗。在这一刻，这城市十几万人有几人想到我的名字，又有几人想到我的寂寞？我冷笑，在这一刻，我又何曾想过别人呢？或许，这便是寂寞吧。快步向前走，我知道，这里并没有我想要的。

一个人的时候，时间过得快，我很快回到了有灯光的路上，这里也有了行人。心里有了安慰，总算有人看见我了，倘若我在这里死去，也有人为我见证这走过的生命。我欣慰地笑着看着每一个路过的人。忽地，我停住了我面部的表情，因为我又一次发现，我真的很傻，全不顾及周围人异样的眼神。

路边有小孩在嬉戏，老人坐在木椅上看着这孙辈的后人，眼里是欣慰的。我能理解，虽然老人是寂寞的，但她的爱赋予了这份寂寞一个岁月的标签。那寂寞，便显得淡定而从容了。我们全不一样的，我只是看着自己，她总是看着别人。

回到了家，开锁的时候怀着一分期待，父母会回来了吗？我本是知道答案的，家里并没开灯。可我仍然可笑地充满期待，这样傻吗？我笑自己，也许，这便是寂寞的附庸吧。

进了家门，自己开灯，有一些失望与惆怅。冲了一杯咖啡，因为它是能重给我温暖的，坐在沙发上一个人喝苦苦的咖啡，心想，这便是寂寞的味道吧。

电话响了，母亲打来的，这一个单纯的电话信号却让我的心为之一动。在我自己都快要忘记我自己的时候，母亲仍然想着我，我想，爱也不过是如此了吧。这便解了我一夜的寂寞。想想，自己真是傻，人怎会真正寂寞呢？一切都是自己心中难解的伤感罢了。

躺在床上，要睡了。初春夜晚的小雨还在下。我知道，在比雨云更高的地方，有星星陪伴着我入睡。我，不会寂寞。

作者简介
FEIYANG

余欣，男，90后。（获第十一届新概念作文大赛一等奖）

夏末，是温润的美好如初 ◎文/白云

夏末的光盏，能够点亮青春在散场前的余温。可以守着你的温婉，一觉浅眠。

静如莲花。

夏末，是温润的美好如初。

一　莲花的梦

夏天的水，睡在夜空之下。

男孩子还在弹着吉他，女孩子在宿舍楼上眼皮困倦。公交车站运营到二十三时，教堂的钟声敲响，庄严了一整座城市的空虚。装点城市在凌晨寂寞散发光亮的夜灯。谎言变得迷幻，嘈嘈杂杂就变成了玩笑，让街道上潮湿的风，一笑而过。

电杆像楼房的拐杖，横插在街道的右心房。

有轨电车，最后一班。只坐着最后一排孤单一个戴着棒球帽的中学生。不知道，是寻找过谁，还是正在被谁寻找。

公园的铁门被上锁，把夜色阻挡在门外。

此刻，睡莲一如梦中的纯净，躺在月光之下，熟睡如婴。被照亮的池中，静默的繁华一语不发。也许梦境可以出生在此，滋生无边的静默，滋生无尽的完夜。

漫天星辰，摇晃了整座苍穹。

每天都有人做梦，在夜里梦见想见或不想见的人。

深水下，其实总是有着斑斓的根系，同水上花枝一样有着繁华的梦，只是被覆盖着而已。我们有多少梦，是被覆盖着？是被宿命所遗忘的？

二 以及无所事事的夏天

十三点，一页页翻着日复一日的同一本书。还没有看到结局，就已预知了悲剧。这是一件比睡二十四小时觉还令人觉得无聊的事。

十六点零五分，一个人坐在沙发上抱着抱枕，看完一整部《云水谣》。依旧是老情节——阴错阳差的等待，有情人未能终成眷属。影片情景很好，却丝毫没有让我进入思维状态。

十九点，一个人去了书店，塞着耳机从停水停电的房子里走出，听着歌坐上公交，看游移的城建光景。人影绰绰。

暑假后的麻木，让我不好意思提笔。写些什么？说些什么？编些什么？敷衍着文字，然后自己灰心。最后，不忍看自己在麻木之中写下的毫无意义的埋怨。

青灰色。清一色。思想没有任何波澜。

窗外黄昏下的屋顶，只是转头乱叫并不飞翔的鸟，静止摆在书架里安静沉睡的诗集，关着音箱的电脑，洗手间规则的滴水声，躺在床上的手机、耳机，抽屉里的信笺……周遭的一切都让我兴奋不起来，喊不出来。我只是任洗完未干的头发遮住视线。在房间里无意义地来回踱步。

这就是不温不火的生活。

对一切失去触觉。看到满眼的零乱都转变为青灰。

晴天。

并不是影响心情的天气。我何来心情可言。我就像是失去领悟的能力。什么结局（什么书的什么结局，什么电影的什么结局），我都轻轻抬头，一笑而过。心爱的 CD，亲手布置的房间，都只让我一笑而过。书柜上用自己的字体抄的《报任安书》，抄的宋词，都像是煞白的墙面，隐藏起所有残留的迷彩，只留下空虚与想象。没有任何回响，没有唏嘘。即便用指尖或眼帘去触动，也并未寮窣。

　　天色渐暗，光线渐弱。

　　洗过的头发还是没有干。

　　十九点十几分的时间，除了新闻并无电视可看。可我偏生讨厌清早与下午的新闻，只喜正午与晚间新闻。于是我继续拖着眼帘一个人在一个人的房间沉默着。

　　爸接了一个电话，刹时打破整个空间的宁谧。我接到一整天唯一一条短消息：明天阴转阵雨……还没看温度就下意识随手删掉了。也许这就是期待之外必有的冷遇。其实我也不是故意。倒是由此想到许多小说中莫名被冷落的第三者，无辜得近似可怜。

　　又想起林秋离在《熟能生巧》里的词：

　　　也许来阵风雨／花谢满地／黯然神伤的困扰
　　　可以刺激那颗浑浑噩噩失去了烈火激情的大脑

　　我怕是在这个流汗的仲夏再看不见花谢满地了，只祈在阵雨后能找回一丝属于夏天属于自己的情丝。

　　仅此。

　　七月半，百无聊赖。

　　在这样一个沉默到连日期都忘记的午后，日光依旧。无心触摸黑白相间的琴键，一切如同回到了去年那个无所事事的夏天。在房间来回踱步，看墙壁上夕阳的影子。散淡于角落的光，照不亮一盏灵魂的希望。书架上重新归了类，但依旧是困顿排列。碟片，是未变的顺序，只怕是落了灰。只因我从不去擦拭。

七月不远，海子的诗集依旧沉默。是来自上一载那蝉声不绝的夏天。那个夏天，我徒有一身怀念。空洞地想着那个太阳王，戴着他的王冠，凌驾黄昏。七月不远，天堂的马匹不远。海子，那时，我突然觉得你似乎也不那么遥远。

那个看似空洞的夏天，却成为我可以铭记的一种生活姿态。花朵、书页、琴键、舞鞋、窗口、墙壁、布帘、音响。还有一颗空白的心，茫然跳动。这就是关于那个纯粹夏天的纯粹苍白。是一种不可否认也不可效仿的姿态吧。

海，那种我不常接触的庞大。是庞大的沉默，来自夏天的水气，冲刷人的焦躁。沉默的夜灯，夜路，会显得萧条，索然无味。但有海的夜路就格外风韵。虽是无法覆盖夜的孤独，但海边不只有夜色，还有海的微光与因光线微弱而色彩沉重的花。淡彩的热带植物，罩上一层海气的茫远，就是巨大的沉默。

不去一字一句地怀念去年的夏天。那个封闭的季节里疯狂地看诗，疯狂想念从前的人、从前的事。没有无所事事，只是思念太厚重，堵塞了大脑。让一切看起来很是空虚。

那样的日子是浮云下的时光，黑白相间，只有纯净氧气的味道。七月是风的季节，是黄昏，是万物找寻记忆的月份。如上所述的令人费解。七月，剪下一缕日光，作为你生命绽放的祈祷。

七月，在夏天为你祝福。

三 夏天的生日

已麻木的夏天，麻木地降临，麻木的我站在阴影里，眺望想要找到自己原来秉持的方向，居然要等待命运的垂怜，我总是比季节慢半拍。

我该等待的有的等到了，有的却杳无音讯。我找不到的太多，包括从前心中清晰无雾霭的轮廓，明晰无疑的方向。听到的太少，没有人唤醒我，唤醒在一整个春天酣眠的我。直到夏天都僵硬地站立了许久，许久。

都安静得不敢唏嘘。

夏天的今天，我的生日。七月就这么不声不息地来到。我来不及思考，来不及微笑，来不及回忆，来不及颔首。七月就这么到来，这样轻盈，连阳光的窸窣都没有让我听到。

怎么这么安静。

空旷了太多，在这个夏日。

离别都拥挤在这个繁盛却安静的夏天。分班的、分科的、分离的。将来，我们会是谁的信仰，又会信仰谁？将来，我们会听着谁的钢琴，谁的箫声，谁的叹息？将来的我们身在何方？

将来，到底是多少年、多少天之后。

顾此失彼的我们依然仓皇地度日，仓皇地顾不上回首。那么多缤纷，就这么从眼帘从心头滑过，失去在零点一秒内，有去无回。有时我们真的很浮躁，很片面。有时我们太懒，或太胆怯。都不敢去让内心融化在记忆中。

然后我们假装我们喜欢游走在城市自然之间。

这样可以有理由说自己经历太多，不可能记住太多。这样可以为自己创造太多虚伪的借口，为自己辩解自己的虚伪。

有太多感动。有人在乎。有人记得我。这便是幸福。简单而真挚。

幸福。夏天的我，在夏天的生日中。意犹未尽。

悲喜交加。

我终于醒了，在这夏天伫立这么久的某天。听着依旧感动的歌曲，感动的钢琴。古筝，意外地加入，冲淡了夏日的浮躁。我醒了，虽然晚了点。放飞太多心愿，回归信仰，回归自我。

我的汉朝属于魏，我的唐朝属于李白和杜牧。

我太早跨过暮春，没有想起秦观，也没有想起李煜。

今年夏天下了太多雨，有太多黄昏，太多似黄昏的街灯。我看着自己影子想到太多光阴的荒废。是时候抬头让阳光刺进瞳孔了。是时候离苏醒的自己更接近了。

就让自己苏醒。

就让自己回归。

在这个夏天的某天。

作者简介
FEIYANG

　　白云，巨蟹座女生，90后，夹杂着摇滚和复古的情怀，黑夜里能够搅碎回忆。（获第十一届新概念作文大赛二等奖）

一些印象  ◎文 / 何璇

一

　　我没有看过张爱玲的作品，或者说没有好好看过。这点我得承认。但是，我却很莫名地喜欢上了她笔下的老上海，老上海里的女人。以至于在我的印象里老上海、甚至于现在的上海都是充满淡淡的香味，生活无比精致的。

　　何谓精致？在我眼里的上海女人的精致很简单，旗袍是肯定要的，尤其是在那个风情款款的年代。头发一定要梳得整齐，这也是必要的。不记得是在哪个年代的上海，似乎是祖父祖母还年轻的时候，大家闺秀都是会梳好几种发式的，而且要一丝不苟，显不出一点的零乱。走路肯定是要慢慢的，满脸是笑。精致女人的生活甚至不需要什么多余的东西，一把木梳，一支口红，即使四面墙一张床，却也能够精致起来。

　　现在的上海仍旧余留着当初的味道。街头上是看不到的。街上有的只是惨白的脸、鲜红的唇，妖艳得让人看了不舒服。

　　只有在弯曲的小巷里，偏僻的小镇里或许能够看到几个年老的妇人坐在家门口，神情安静。虽然没有了旗袍，但是干干净净的衣服和整齐的发髻却依然留有熟悉的气

息。一切仿佛穿越了时空，透过清明的湖水看见了多年前上海女人的美丽。

关于旗袍，这大约是受到了《2046》的影响。这部片子我没看过，仅是久仰大名。只是剧照上身着旗袍的张曼玉在我面前晃过的时候，会有刹那的感动。以至于某日我在大街上看见了一家名为2046的音像店时不假思索地冲了进去，进去之后又很茫然自己怎么会跑到里面去。

现在想想这种印象来得确实荒谬，后来了解到过去的上海大部分时间总是莺歌燕舞、纸醉金迷的。或许那个时候的上海和现在一样繁华，但是我仍旧固执地认为平静的女子与所谓的摩登女郎相比才是真正令人动心的。毕竟，浓妆艳抹仍旧是浮躁的，背后是一颗无法沉静下来的心。

一直认为心境能达到如此平淡境界的必然是上了年纪的女子。即使年轻，也肯定是受过伤、或是经历过风雨的。只有当一个人历经了艰辛和沧桑洗礼之后，生命中才会只剩下了淡定的生活。也只有心如止水的女人才会选择精致的生活。守着心中唯一的信仰和唯一的爱，孤独而安详地走向生命的总结。

大凡上海会出现这种生活精致的女人，或许是因着上海的繁华。一望无际的草原和风沙弥漫的戈壁上是出不了精致的人的。越是繁华的环境越是有最多平静的人，这边歌舞升平，而那边却水波不兴。

同一个地点，不同的世界。

一个奇怪的定理。

说到精致，突然想起了上海的点心。因为上海的点心同样也是以精致出名的。感觉这个名字就很有意思，点，应该是一种很细小的动作吧，所以点心可能才会有了略微进食的意思。

上海的本地小吃不多，大多都是些外来的。但是在上海所有好吃的点心，肯定是精致的。上海人本身就是很会享受生活，而吃点心也便同饮茶喝咖啡一样追求的是品质，追求的是午后看着夕阳西下的那份安定。

本地的小吃比较有名的是小馄饨，条头糕。小馄饨最讲究的是皮子，一定要轻薄如纱才算得上正宗。条头糕是口感最精致的糕点之一，豆沙是细的，完全的手工制作，口感才会细腻。

小笼虽是南翔的，但来了上海却被算作了上海人，到上海豫园不吃小笼是白去的。据说小笼最高境界就是筷子夹住小笼顶端的时候整个小笼水滴般挂在筷子上，隔着几乎透明的皮能够隐约看见裹着的肉馅。宁波汤圆在上海也一度很流行，皮是上等的糯米粉，馅要用绵白糖、黑芝麻和优质猪板油。

至于那些街头的点心，老虎爪、生煎、馒头之类的，虽同样属于上海点心，却远不如上述的那些精致了。每种点心的制作方法都是不同的，也就造就了他们的最终宿命。

而现在那些所谓的精致点心却永远也吃不出当年的味道。加了太多的辅料，又或者放了很多的糖。仍旧是两个字：浮躁。

过去，街头的点心一定要在街头才能吃到，然而精致的点心却不一定要去很好的饭店。在有些人不停地塞着山珍海味的同时，有些人只是淡然地选择精致的上海点心度过一个阳光明媚的下午。

只可惜这样正宗好吃的点心现在如同老上海的精致女人一样已经难得看到了。

二

前些天买了很多餐巾纸，小巧的包装，正方形的那种。外面是很夺人眼球的黑色，大片大片，就像是黑色的绝望。打开以后却会有一种浓郁的香味，很好闻，但闻久了却会有一种快要窒息的悲伤。正如它的外表一样，黑色的绝望。给很多人闻过，有人说味道像

CD 香水。我说不可能，如果真是 CD 香水的味道那还要香水干吗。于是就翻来覆去地看它的包装袋，发现原来它是有名字的——黑郁薄荷。

依旧是很喜欢这种纸巾，很发疯地收藏很发疯地买，以至于最后整个房间里似乎都充满着这种味道。

除了因为这种浓烈的味道喜欢它，其实还有一个原因。

曾经认识一个很妖娆的女子，Jane。她是一个很漂亮的女子，总是画着细细的眉毛，总是一张光洁却苍白的脸蛋，每天穿着黑色的衣服，就像夜行的精灵。

第一次见到她时她因为鞋子卡在砖缝里而被困在路上。我当时走过去帮她，却没料到她事后却很热情地邀请我去她家。于是没多想，也就去了。在她家，我发现我们之间竟有那么多的相同之处。

在同一个电影院看过同一部电影。

在同一个图书馆看过同一本书。

在同一家餐厅吃过同一道菜。

在同一天听着同一首歌……

那么多的巧合。那么多个相同。

突然感觉我们像是《伤城》里的梁朝伟和徐静蕾，只不过他们的相遇是梁朝伟的安排，而我们的相同却是命运的捉弄。

从那以后，我就认识她了。我们每一次在一起的时间是那么少，所以我会很珍惜。Jane 笑起来很好看，弯弯的嘴角，空气里仿佛有一种淡淡的香，有一种很纯净的感觉。我对她说，Jane，你笑起来很好看。

于是每次见面的时候，她总是冲我打招呼，然后很灿烂地笑。

后来有一天，我看见她从一辆宝马上下来，驾驶座上是一个男人。Jane 笑得很放纵，我却感到心隐隐作痛，于是转身离开。

后来有一天，我看见她从一辆奔驰上下来，驾驶座上是一个男人。Jane 笑得很放纵，我感到心又隐隐作痛，于是，转身离开。

后来有一天，我对她说，Jane，你看上去像一个风尘女子。她听了以后很放纵地大笑说，我本来就是。可我却分明看见她笑着的大眼睛里充满着深蓝色的泪水。

后来有一天，我看见她从一辆法拉利上下来，驾驶座上是一个男人。Jane 笑得很放纵。

这一次我却停留在原地，远远地看着她。

那辆车很快耀眼地开走了，Jane 突然在大街上就那样孩子般地哭了。我不敢相信一个平日里总是笑得那么开心的 Jane 会哭得那样伤心。也或许，每一次的笑容之后，都会有隐藏起来的泪水，只是没有人知道罢了。

我走到她的身边，她抱住我，眼泪沾湿了我的衣领。我不知道该说些什么，只是由着她哭。我问她，发生了什么。她摇头，只是哭。

最后，她告诉我说，她要走了，离开这个城市。

我说，我知道。

我确实知道。因为她曾经说过，她在一个城市里逗留的时间不会超过一年。

我对她说，Jane，虽然你看上去像一个风尘女子，其实你是一个让人心疼的孩子。她又扬起了笑容，却像浴室里的水汽，模糊无力。她从口袋里掏出一包纸巾，用唇膏在上面写下一串数字。这是我的手机号码，她说，我会等着你的电话。那是一张很香的纸巾，味道就与 Jane 一样妖娆。

Jane 的故事我终究没有机会知道。第二天她就从我的世界里蒸发了，就像一包用完了的餐巾纸，在我面前消失了，但我宁可相信它会在另外一个地方带着不同的心情再次复生。

那个号码我也终究没有打。或许，对于她来说，这个城市是伤心的，我是这个伤城里的一部分。既然她选择了离开，那么同时选择的就是遗忘。我只是希望，我曾经认为和我是心灵相通的 Jane 能够与我在同一个晚上看着同样的天空。同样的星星。

祝福你。Jane。一定要幸福。

那张纸巾我留了下来。直到前几天，我发现买的纸巾与它的味道相同。真是一个很诡异的巧合。但是很多事情，既然上天是如此安排的，那我就没有理由不去接受。

后来我发现，这种纸巾似乎是很妖娆的味道，但是妖娆散去却仍然留有清香，依旧有着变不了的绝望；

后来我发现，原来黑色的外表是内心充斥的忧伤，是有些东西被深深地埋藏在心底，只有自己能够看见。

于是这个味道让我想起 Jane，想起那些风尘的女子，那些令人心疼的女子们。她们内心是善良的，在心底中有一处柔软明亮的地方。

然而生活让他们看见的只有令人绝望的忧伤。她们内心有伤，却用放纵和笑容来掩饰自己一道道的伤口，然后在夜晚寻找一个黑暗的角落默默地哭泣。

生活对于她们来说只是一轮一轮的赶场。

一个城市。一年时间。

一包纸巾。一个月。

用这种纸巾，我是会莫名的落泪的。心中总是有隐隐的疼痛。因为我想到了 Jane。

我遇到的是 Jane，可是我明白，我没遇到的还有很多。

原来一包纸巾就是一个女子。

带着没有人知道的伤，以及内心的绝望。匆匆地来，然后悄无声息地离开。

三

这段时间很疯狂地在用 Photoshop 做图片，然后选择一些颜色很强烈的图片——大片大片的红色，大片大片的黑色，大片大片的白色，打上光照，让一个小角落是光亮的，然后其他地方都暗下来。有人说这样的图太过悲伤，仅有的光明仿佛是所有的希望，然而最后才会发现，其实它什么都不是。

总是很迷恋那种大片大片的颜色，仿佛这一种颜色就是整幅图的全部。占满了整幅画面的大片的红，像是要滴出血来；而那种很透明的蓝如同婴儿水一般的肌肤，但总会引起人莫名的忧伤；黑色是更为绝望的一种颜色，它不是沉闷颜色的，而是一种看不见尽头的迷茫的恐惧和或许连自己都无法察觉的伤痛……

看着一些图片是会流泪的。一只孤独地划过天际的飞鸟，一个在酒吧边颓废的少女，一个沉睡着微笑着的孩子，都能够让我看着看着就泪流满面。

不知道是为什么，有时候是因为太快乐，有时候是因为太难过。当夏天的风吹在窗边蓝莓色的风铃上的时候，风铃会快乐或者忧伤响起来。到底是因为太快了还是太难过呢？我想风铃也说不清楚。不同的颜色能够带来不同的感觉，可能在幼儿园的时候，美术老师就告诉过我。但是，这种感觉却从来没有像现在那么强烈过。

我不怕被人说成疯子。因为每个人都只是装成正常人的疯子。只是有的人装得像，有的人装得不像罢了。

悲伤的颜色总是能让我感觉到美丽的，当它变为一种难以忍受的疼痛时，美就在那一个瞬间那一个地方肆无忌惮地绚烂绽放。

因为悲伤，所以美丽。因为美丽，所以快乐。

于是，当我再次看见这些颜色的时候，我总是微笑着，流泪着。

或许，到底忧伤还是快乐没有知道的必要。

什么原因并不重要。

很多事情都是这样。

后记

记忆里总是会有很多飘忽不定的片断，于是我选择把它们记录下来。或许他们是忧伤的是疼痛的，在键盘上敲下这些东西的时候，有一种被释放的感觉。可能它们是苍白无力的吧，但是至少这一刻，他们被永远地封存在了某个地方，永不消逝。

我希望透过这些灰色的文字能够看见自己冰冷苍白的手指在阳光下苏醒着，在这个寒冷的冬天即使是黑色的心情也同样能够陪伴我盼到阳光明媚，春暖花开的那一天。

作者简介
FEIYANG

何璇，1993年5月生。（获第十一届新概念作文大赛二等奖）

纸上流年  ◎文 / 黄航

那年，一个女孩，她与我一墙相隔。我永远无法忘怀，那在阳台上拂过的，慌乱如心事的北风，以及映照我整个青春的，忧伤萤火。

感谢你曾经美丽的伤害，诗化了我原本年少无华的生命。

时光斩截在某个关口。

这是一场文字的游戏。亦是一段没有故事的故事。

四月。面对简筝失去话语权利的曲新驰，也决定以同样的方式对整个世界沉默寡言。一场一败涂地的心理初恋，给他的心理制造了这一次史无前例的变革，一个原本玩世不恭的人在一夜之间好像变得特别感性，于是他的文学想象力从这一时期开始与他的伤怀一样，迅疾疯长。那些陈设在安稳年月里毫无生气的方块字，在如今，经过情感的拆解重组之后，仿佛如水的月华，丝丝入扣地涂抹在创作者本人的心间。这是一种奇妙的感受。很长一段时间以来，曲新驰已经习惯了坐拥着被子靠在那堵冰冷的墙上，手里握有一支笔，被子上散落着几张稿纸，纸上写满那些感动自己的矫情诗句。曲新驰的诗作往往在深夜的时候完成，之后，注定忍不住将其复制在《纸上流年》里，那是一种炫耀，更是一种无声的表达，

一种渲染。

> 深深浅浅，时光的留白里，我
> 挥毫泼墨，造一匹快马
> 妄图，追回十年前姑娘

然——

> 几番思念，就成迟暮
> 远在远方的你比远方还远，心却更远
> ——摘自《纸上流年》2007.4.3 曲新驰

曲新驰已经不惧怕这种隐藏在诗词后面的直白。每次，他都是怀着万般焦急的心情，等待简筝不紧不慢的回复。

曲新驰因此成为了孤独夜游者，夜深人静的时候会蜷缩在阳台的墙角，仰望着安静的冷月清辉守候那边的动静。脆弱敏感的他有这样的自知之明，简筝只会在百无聊赖时才会施舍自己几个文字。

> "几番思念，就成迟暮。远在远方的她比远方还远，心却更远。"

写得很好。这首遗着词风的诗让我想起一个男子，他叫纳兰容若，天才词人，却英年早逝。本是衣食无忧的贵族，却终年活在爱情的阴影里，寄情于诗词，无法自拔。他是个有洁癖的人，就连对待生活也是一样，于是不规整的情感遭遇使他长年郁郁寡欢，可也因此佳作频出流传后世。

我却觉得，这样的人只能活在理想化的世界里，现实生活的无奈与残酷很容易粉碎他脆弱不堪的身心。我

> 喜欢纳兰词，却不喜欢纳兰本人，因为他太过柔弱了。
>
> ——摘自《纸上流年》2007.4.8 简筝

　　曲新驰不知道纳兰容若是谁，怕被简筝的博学多才衬得自己卑微，不敢再发表评论。望眼欲穿地将这两行评论看了又看，感到高深莫测，想了又想，还是不知纳兰容若是何许人也，只觉得他一定是个有故事的人，既然是自己喜欢的人喜欢的，那就有义务去了解一下。

　　《纸上流年》诞生的首要意义在于交流，可以预知它将如同一场沉默寡言的棋艺对决，势均力敌才能维持长久的趣味。这天晚自习，曲新驰再次装病请假，研究纳兰容若去了。

　　纳兰词如薄冰流水，带着乍暖还寒的气息使人愁心满溢以至百感交集。曲新驰对着极具古典韵味的屏幕画面一首首地往下看，灵魂好似随着一股股洪流抵达一片荒芜海域，四顾无人，世界因此只剩下了安静的思考。曲新驰甚至觉得自己就是纳兰性德百年之后的回魂再生，同样地执固于人和事，同样地活在记忆深处无法自拔。借诗言志。

　　曲新驰虽已绝望，可是简筝那些模棱两可的文字又无形中对他构成了希望。除了《纸上流年》的一来二去，好像生活再也无其他的意义，有时回想起自己当初从军报国或是改造世界的种种誓言，以及用这些誓言换取来的父母的资金投入，他会羞愧得恨不能穿越时空，把当初的自己给坑杀了。

　　情感在时光的行程中极度积蓄，曲新驰将那些长久以来无处倾述的话语化成了这样一首激烈的长诗。

　　　　扑朔在空气里流亡的苦涩
　　　　那究竟是你 还是我的眼泪
　　　　黑幕的缭绕 仿佛要填平那伤心的沟壑
　　　　你让我何生何灭 何去何从

我是该如此没有举措地消逝雾海
还是海枯石烂等到天花乱坠
抑或恬淡如斯仰望你苍白的侧脸
甚至允诺你残忍无情地放纵我的真情
忽而我只明白　从今往后
我必须活在你的阴影里
尽管这将是一段异常颠簸和失意的旅程
只是已注定……

可是　你仍是不懂吗
为何你要如此内隐地赶我走
将我驱逐到海与陆的边缘
难道是你怕堪负不了我沉重的爱?
难道你以为我是如此轻浮风般的男子?
难道你就这样残忍地忘却前尘将我丢弃?
难道你甘愿如此平静地丧失纯真丧失真爱的勇气?
——哦不　不是那样的
请你大声地告诉我
是你怕你无情的轻怠伤害多情的我
是你不愿别人受伤强迫自己绝爱的崇高
是你仰望蓝天般的渴望却将隐忍深埋于心
是你执着坚忍的爱却又害怕失去的散乱迷茫
那我　真是如此一个风般的男子?
让你手足无措地舍弃却仍心怀不舍
让你深情的眸子在瞬间顿时释放温情
让你寂寞的灵魂从此失去孤独的冷翼
让你徘徊犹豫举身过海却没有疼痛的结束
你以为你的残忍可以击退我的隐忍

你愈残忍　我就愈隐忍

因为我知道　不管　如何

你都不会一点感觉也没有地凌辱我的爱

正是如此　你的残忍

让我执着而坚定地跋涉艰辛

因为我相信　无论　即使

再黑暗再渺无希望的爱情

也总会有一点阳光的影子

然而　这一个又一个的梦幻

我是否在欺骗自己

你是否在逃避自己

我们是否都在荒诞地料理我们的爱情？

也许　只要你相信

随着夜的凄冷　雾的霜凝

夹杂着酸涩的暗涌渐渐平息

我会在海边驻足等待

只要熬过这漫漫长夜　明天起

从此便会春暖花开　蓝天白云

我温暖的爱便将席卷你冷竣的面纱

你会发现你的彼岸已在脚下

你所渴望的爱　已在你身旁

倾吐芬芳

——摘自《纸上流年》2007.4.19　曲新驰

沉潜在鲜明印记下滞固的暗涌，
开始幽幽地舔触记忆的隔阂。

一点一点，
漫了上来。

　　记忆在翻书，以前一页一页背过的书，

　　甚至哪页上的插图，

　　一一地，

　　清晰显现在脑中。

　　记忆里有些东西拥有不死的灵魂，

　　拔去盛满苦涩记忆的水池，细小的苦楚旋转，翻滚，

消失在空白的尽头。

　　那些东西有着难以分解的顽固，不堪的重量，不能

流入空白的体积。

　　等到新的时光注入，搅动沉底的暗涌。

　　这样的涌动在脑畔之间翻腾，在疲倦之中低落下去。

　　于是又暗暗滋长，忽明忽灭的刺眼闪痛双眸，湿润

了眼眶。

　　直到时间糖衣包裹纠结的绕核，乔装成华丽的锦糖。

　　记忆的味蕾没有了眼泪的干涩，

　　感官判定：

　　这将是一段美好的过往。

　　这些在如今看来故作循词的文字是在我日志本里频频亮相的温暖色调，然而彼时，如此的文字作品总能在其诞生的末端使写作者本人拥有泪流满面的伤怀，就如同一支经受剧烈摇晃的啤酒，喷薄而出，那深深浅浅蔓延开来的白色泡沫，在与亮烈的空气进行激烈的抗争之后，且战且退，仿似你我的青春。

　　不知从哪里看的这一句话，十七岁开始苍老。撇去社会责任不说，家庭责任是束缚世上每个人的一座牢笼，意欲挣脱或甘愿忍受，属于人各有志罢了。曾几何时，有这样的执念：一个作家的强大功力不在乎他是否拥有出类拔萃的文笔，而是在于他是否能够用朴实的文笔将

世间种种表现得慑人心魄，直指本心。可我一直排斥太过直白的文字，因为其激烈，饱含着攻击性，让人难以承受。

其实，青春里时光以及记忆都是一样，是个奇形怪状的玩意，你永远都无法知晓它的完整形态，哪怕你和我一样，置身其中。

　　白素贞说："我要去到人间寻找眼泪。"

　　而我，却是一个在锦绣丛中已然心境荒芜的凡人。无能为力。

——摘自《纸上流年》2007.4.22 简筝

　　我看不太懂你这些高深莫测的文字，只是没想到，其实你也心事重重。

——摘自《纸上流年》2007.4.22 曲新驰

梦入流年

这是一种奇妙的感受。时间、地点不明。梦中出现的画面全是现实世界种种景象的拼凑，我浮于沉实与虚无之间，梦中的我甚至知晓自己是在做梦，说明我的一部分清醒的意识仍滞留在现实的范畴之中。

梦中自然会有与现实世界相互违背的逻辑，所以那一切真实可感。

梦里，我在为自己拍照。我拎着梦中的相机，只身一人游走在那个略显颓败的公园里，眼之所见，既熟悉又陌生。公园人迹寥寥，我踩着黄昏的尾巴向湖边走去，试图寻找到动人的景象并用相机记录下来。残荷摇曳，状如浮萍，三年前的我出现了，我确定她就是我，她还是与我如今一样的发型，孤坐在梦中的池塘边。但我并没被她孤独的表象所欺骗，我再清楚不过了，此时的她正坐在回忆的马车里，和记忆中曾经出现过的种种人与事进行约会，并不时浮起幸福的浅笑。那时的她还是一个没心没肺的孩子，夕阳像温暖的颜料一般涂抹在她亮白如雪的校服上，她单纯的美丽在这个颓败的世界里脱颖而出，简直如诗如画美不胜收。我提起相机，举步轻盈，生怕踏碎了她这份宁静的孤独，同时那也是我极为难得的自我回溯。

"咔咔咔咔咔。"五连拍，世界的安静就此终止，我心有不祥的预感：坏了坏了……

三年前的我转身回头，极为哀怨地看了我一眼，我正迟疑着是否要开口与她交流，刚一启齿，她便全无踪迹地消隐在如火似燃的夕阳里。

这时的我彻底醒来，已是天亮，我想我是睡到自然醒，而并非被梦中惊慌失措的心绪所打搅。我望着雪白的天花板，在想自己为何会做这样的梦，不多时，我就知晓了答案。

日有所思夜有所梦，原来，成长的迅疾使我在这个青黄不接的关口内心无比慌乱。再者，是因为之前你写在《纸上流年》里的一首诗，它是我梦中所有意象的所在，它已深深地镂刻在我日渐荒芜的心壁上了：

荷花瑟瑟渐渐老去　留下模糊的叹息
我于无人的池边　细数指尖流水的悲伤
看水风清吹里　连落叶也枯黄了点点星光
昏黄的斜阳下　我想念那些斑驳的老照片
以及　曾经肆无忌惮的快乐与喧嚣
整个世界在我的回想里陷入了忧伤的止境
无始无终
猝不及防
诗歌的火焰燃烧了回首的脸庞

——摘自《纸上流年》2007.4.29 简筝

曲新驰看着简筝的这些文字，痛心地冷笑，想为何与她总有一些丝丝缕缕的奇妙默契，然而两个人的心哪怕在感观上已是无限接近了，可到头来却始终被一堵无形而厚重的墙阻隔着，天各一方；又是为何诗能入梦，而写诗的人却是游离在她情感世界的最边缘。其实梦的奇妙，是因为人本身奇妙。

> 很高兴我这些卑微的文字能进入你的梦，其实，当初写这首诗的灵感与你梦中的画面惊人地吻合，那是我在网上看到的一张摄影作品，也是一个人孤独无依坐在满目滩涂的池塘边，她被满池的残荷压到岸边一个极小的空间里，夕阳西斜，余晖照在她浅蓝色的衣服上泛起忧郁的光……

> ——摘自《纸上流年》2007.4.29 曲新驰

　　时光像一条贴着墙角灵动游走的花蛇，就这样悄无声息地与城海市擦身而过。第二次模拟考结束了，高考在即，曲新驰便无来由地伤感。这种伤感，不是因为时光无法逆转之后发觉自己的学习成绩仍然一塌糊涂的焦急与惶恐，而是感知了时光的行程里简等已经渐行渐远。曲新驰一厢情愿地认为，任何人淹没在时光里疏远了都可以理解，唯独简等不行。这是一种年少轻狂的执念。可他又有这样切肤的无奈，这些原本硬性的内心情怀，始终只能隐藏在柔媚伤情的文字背后。曲新驰感到自己已经疲于抒情。

> 纷扬的落花，挂在你我的指尖
> 我在黄昏的枝上，摘下那片最高的叶子
> 然后放于唇边，制造出尖利的声响穿墙而过
> 试图惊醒沉睡中的你
>
> 如同月亮枕着苍穹，我枕着记忆
> 整个夜晚沉沉落在我的身上
> 有一双眼睛，温柔惝恍

汰澜成雨水中两瓣寂寂的红花

摇曳 葳蕤

我早已把所谓的前程扔在远方

岁月也不过是一滴水的流动抑或踩起的尘土

我也学会了用隐喻说话

于是纸上的诗句全是白色的羊群和高出幻觉的天空

记忆遗失的城中，我从三月走到冬季

内心的落差只能用往事填补

爱情是个单行道，而这个雨季，注定

爱你成伤

——摘自《纸上流年》2007.5.3 曲新驰

你呀，还是那个少不更事的孩子，骨头里藏不住最细小的秘密。

诗的开篇出现的"纷扬的落花"我想就是我们楼下的那株凤凰花吧，我这几天都在看着它，看它激烈地绽放，看它落寞地飘零，感觉心中有万般愁苦不知与谁人说。凤凰花寓意着毕业，好快啊，一转眼就三年，如今站在青黄不接的关口，才知道我们都回不去了，哪怕是看一眼曾经的风景，哪怕是倾诉那些遗落在年华里的各种心事，时光只能让故事继续。别人还说，凤凰花的繁盛与否预示着我们学校当年的高考成绩，今年还算开得热烈吧，可我总有这样不祥的预感，感觉那些随风早早飘落的花瓣里，有自己。

眼前锈迹斑斑的防盗铁窗，多此一举，它其实困住了生活在屋里的人。

曲新驰，现在想想，其实《纸上流年》里我并没有主动去写过很多东西，我的时间都花在复习应考上了，而且我总是在星期天才会给你的文字回复。我要谢谢你，不管怎么说，因为《纸上流年》，我在一定程度上找回了自己，我觉得人不能太过于束缚自己想法。

不过，也不能不管不顾放纵自己，至少于我而言不能。我是想说，今天离高考还有一个月，我应该拾整一下自己的身心了，所以可能以后会很少回复你的文字。我知道你会写下去的，因为你已经放弃高考了，其实也没什么，我只能说不是每个人都要通过高考才能取得成功的，那么，我就希望你能一直一直坚持写作，有些事情你要学会换一个角度去思考，否则你的文字将会永远陷在病态的窠臼里。无法否认，你是个心思细腻的人，有极高的文字天赋。

——摘自《纸上流年》2007.5.6 简筝

曲新驰捧着《纸上流年》反反复复看了这段话三次，两手不停地颤抖。温暖的、寒冷的，使他彻夜无眠。

远方，或者荒原

被一个人和她手中的词语照亮的
远方，或者荒原
在你如一束芦花的伤口上流血，出生或死亡

请把杂草放进时间。开一朵紫色的小花
在荒无人烟的旷野，等你
在此之后安心于我们灵魂的流放

所有的风都吹到这里来，演绎展现

这希望和绝望以外的力量。岩石发烫
天空弯曲着弧形，让肿胀的思想在上个世纪
暗暗成伤

色彩虚妄而空无。东方没有上帝
断章取义的天堂到最终，亦是草草收场
我只想怀抱一只平静的陶罐倒向时间之中虚假的门
用一只嘴唇摘取，另一只嘴唇

你说出隐秘，文字也会生病
像散落一地的墓碑，刻画着零乱的骨头无人收拾
我们其实一直没有到达我们自己

今夏，内心的黑暗抓住了受难的火种
叫清新的阳光和生命一起流淌

骨骼雪白
次第开放

——摘自《纸上流年》2007.5.17 曲新驰

　　《远方，或者荒原》，这首诡异到令人心碎却又隐隐带着伤感的诗已经没有我评价的余地了，正如你之前有一首诗里所说的，"我已经学会了用隐喻说话"。好了，我要看书了。

——摘自《纸上流年》2007.5.18 简筝

"在爱情中，距离等于阻碍，有很多人明白。"

此时，距离高考仅有十天，难得的周末闲暇，于是这句异常平凡的句子也能引起简筝深入思考。这种思绪显然是与一墙相隔的曲新驰有关，简筝突然对着手中的书本发出了轻蔑的笑，何其所幸，自己反倒能成为推翻这个以偏概全的主观定论的人。然而她又是那样落寞地自知，巨大的心里空洞中总是源源不断地流淌着自责与感伤，一如曲新驰的借诗言志，简筝自然也拥有用文字倾诉内心悲喜的权利，于是她走出阳台，小心翼翼地解下了《纸上流年》。

许是生命的底色中潜藏有泼墨映画一般浓烈厚重的感性色调，使得此时此刻迅疾萌生的倾诉冲动注定任何理性的力量都无法阻拦，简筝只是觉得自己胸口发闷，是时候需要情感的排遣了，她决定在《纸上流年》里发表一篇完全属于自己的文字。

这将是我留在这里最后的文字。

坐下来想要写点什么的时候夜已经很深，远处那栋楼镜头拉近，各个房间的灯光一盏一盏渐次熄灭，初夏的深夜，人潮的喧闹早就不见了踪影，只有躲在树叶里的知了还在喋喋不休。我站在空寂无人的走道徘徊，凉凉的晚风凉凉地吹着。

我相信有很多寂寞的人和我一样，在很多个夜里，独自醒着，无心睡眠。

夜色中的城市，用华美的灯光把孤单伪装得不动声色，就像我，好像早就习惯了用大声的说话和夸张的笑容来掩盖自己内心的荒芜。

还是一个人的深夜，还是一个人的世界。

炎炎夏日，就连夜晚都充斥着黏黏的焦躁和不安。所以不想睡，只是不想睡。

很多句子分明脉络清晰地在我的脑海中存在，可我却再也无法说出，那种难以名状的感伤，充斥着慵懒与不屑。

并不是所有的人都会在经过了一番奔波之后蓦然回首就会发现真爱其实一直就在身边。

并不是所有持久执着的等待都能开出幸福的花。

只是曾经的我即使没人陪伴也可以安心地自我愉悦，而现在，却只剩自己一个怀着颗隐忍的心梳理昔日里被海浪带走的鸡飞狗跳的幸福，这不免有些失落。

游移着的年月，就连尘土也为我们高高扬起，比一场雨，来得更透彻淋漓。伪装出的波澜不惊，抵挡不住人走茶凉后的灯光煞白。谁还能记起那个炎炎夏日里独自站在空无一人的足球场边，被风吹起柔软的裙摆低声吟诵着歌词的女生，"通往幸福的旅途，我用一辈子去追逐……"

我们好纤细，被现实折磨得遍体鳞伤，也只能不断地触碰自己的伤口，以疼痛来麻醉自己，虚伪地摆出大大的微笑，就好像，我们从未伤过。而那些从我们口中说出的被筛子筛了很多遍的句子，还真实吗？

我长久地躺在漫天风沙的荒漠中，感悟着，忘却了季节。

想着，多年后的一天，年轻的我打好行囊，任惊慌在心中滋长，离开了从未离开的城市。或许，我早已习惯了这样随意的生活，当我决定要以自己的方式去行走和放逐的时候，我也接受了所有的不理解和独自凭吊的

143

伤感。站在人潮涌动的火车站，我回望自己走过的路，惊讶地发现，原来那些被默默地遗落在岁月荒野中的，竟都是我曾经要用生生世世去恪守的执着。

轻轻地将梦想也一并放进灼热的暖阳中，燃烧。遗忘。

有时候，一整座城市在你眼中的全部意义，只不过是有一个人。

我来了，来到你身边，遇见了你，所以并不遗憾。

可悲的轮回，无奈的宿命，年年岁岁。

还有那个被叫做岁月的东西，稍纵即逝。

写到这里，我想起了艾达的一个句子：

"If you are fighting ,stop fighting. If you are marching, stop marching. Come back to me. Come back to me……"

In fact, I want to come back to you.

其实青春里的事本来就无关对错，那只是一季花开的时间。只是，面对世事的无常，我们到底还是轻率地选择了遗忘。再回首，已然物是人非，却再也回想不起曾经的海誓山盟。那么，如果有重来一次的机会，谁还会如曾经一般执着。

站在尘世的寂静中，看一切喧嚣走远。或者孤独，是我们注定的坎坷，叛离的宿命。我们跪倒在基督的面前，谁还会说，心诚，则灵。

曾经喜欢过这样一句话：青春是一场无休止的折腾，谁也不欠谁。很多人不需要再见，是因为我们彼此只是路过而已，遗忘，就是我们留给彼此最好的纪念。

夏天，高温的原因使记忆挥发。蒸干的过去，口中义无反顾的坚强，还是那样义无反顾。只是，若干年后的我们，谁也无法保证不会在回望的时候为曾经的自己落下一滴眼泪。

太多耀眼的往昔转瞬即逝，只留下岁月的小丑在那里嘲弄地笑。我闭上双眼，却再也不敢，睁开。

简筝

2007.5.27

这些自我救赎的文字如同一剂强力良药，长久淤积在身体里的毒素在瞬间得以消除大半，简筝是那样真切地感知了，文字已然成为开凿心灵出口一种工具，于是曲新驰横空出世的文学才能也因此获得了合理的解析。她承认此种刻板的伤怀属于这个时代里有关青春的一种共性，但绝非父辈们所谓忧世伤春或是无病呻吟的无知评判，他们最为躁动的青年时代既然早已遗失在了与我们相去甚远的年月里，就不应该固守那份业已陈旧的观念来对后辈的生存方式妄加评论，但是，对于专横而又肤浅世俗的父亲而言，所有看似有理的道理都会显得牵强无理，意欲挣脱或是甘愿忍受，虽然自己一直都是选择后者，可这并不代表连倾诉的权利都没有。

简筝还知道，自己仅有曲新驰一个读者，他无比忠实，于是，总希望他能在这些抵达意识高度的语焉不详的文字中寻找到一丝浅薄的生机。然而，当曲新驰看到"并不是所有的人都会在经过了一番奔波之后蓦然回首就会发现真爱其实一直就在身边；并不是所有持久执着的等待都能开出幸福的花"这两句话时，有锥心的伤怀，他误读了简筝的意思，他愤恨地想告诉她……

可到最后，他却令人费解地选择用沉默来固守自己最后的一丝尊严。

天上势单力薄的星星，好像在与夜空中的黑暗抢夺空间，夹缝求生。神情落寞的曲新驰把《纸上流年》轻轻放回原处，书页里真实没有留下一个字，也没有任何态度的表露，可连他自己都有预感，这种对峙简直就是纸屑燃起的火苗，注定不会耐久。

哎。

——可悲的轮回，无奈的宿命，年年岁岁。

——还有那个被叫做岁月的东西，稍纵即逝。

作者简介
FEIYANG

　　黄航，孜孜不倦写作，却不想成为作家。认为文学是所有艺术的母体，心中怀揣着非常遥远的电影梦想，文字只是在不断追梦的过程中试图自我证明、表达的一种工具。喜欢五位电影大师：库斯图里卡、托那多雷、岩井俊二、姜文、宫崎骏。希望有一天也能像他们一样，用影像化的语言去写作。（获第十一届新概念作文大赛二等奖。）

隔着夜雾，光阴辗转  ◎文/白云

雾气四起的冬季，藤蔓的繁殖。她叫做七月，将自己写给你看。

一

可不可以，用光盏留下你的光阴刺青。

在过度昏睡的时刻，都不会再记得什么话可以说而什么不能。所有错误都可以归结为一个梦。梦，从来可以用来做千事如一的借口，不用负担任何责任。没关系，原谅自己的逃避有何不可。

七月有一个空房间，没有潮湿、干燥、离别、留恋，没有默剧没有喧嚣。只有七月一个，代表季节也代表枯萎。光线进不来，声音进不来，一切像是个封闭的梦，定格在幽暗的空间。除了寂寞，什么都没有回声。落寞的荒年，也许在这里出生。

祭奠你破落的过往。用一朵莲花的纯粹，用一盏月光的皎洁。用我同样破落的期望愚蠢怀念以及静默。

生活很琐碎也很简单。书、琴、花、墨、电话、电视、电脑。隔着科技革命生活在一片混乱之中。秋凉，加厚了衣服也加重了记忆。敏感总是在季节交替处蔓延。在这种时刻，被折叠的时光倏忽平展，我们站在时光的迷

宫中央不辨方向。

很多隐痛在从前隐隐作痛。很多再见在后来再也不见。

还是看张爱玲，还是看《红楼梦》。仿佛日子又回到从前某个相似的时刻。像我们不经意间的遇到某一场景，突然觉得仿佛在何时经历过。岁月一圈圈激起的涟漪，在月亮升起后就定格，像是青年手臂上的刺青。静止的梦。

伤痕和空度的岁月能不能再少一些？请让我看见更多清澈的眼眸。

林夕的词里还唱着光阴，能不能少一些人哭泣。

七月的秋天，漫长的落叶铺陈漫长优雅的岁月。可不可以，用光盏记录下你的光阴刺青？依旧依旧，让回忆定格。

可不可以，在荒芜里少些喧嚣？

让夜与凋零更加纯粹。

二

拾与落，逐与寻，无非一盏飘零。

原来模糊自己如此简单。说来可笑，越来越找不回从前的自己。回首这里的从前，那些已有年份差异的留言与文章。过往，终于成为这夏末初秋一个无法回避的词汇。喜欢书写夏天，仿佛咖啡之浓郁，拥有褐色与柔和亦拥有迷离沉醉。

从前的朱墨都远离生活，写些是非难辨的东西。

再后来距离生活过于接近，从而丢失了迷离与彷徨。

原来一直在成长，在夏天厚重的钟声中摸爬滚打，顾影自怜。待一批批人结伴而来携着迷茫的友好，又目送他们三两离去迎来复一批的迷茫友好。这个浮生若梦的地方让多少碎梦重生，多少憧憬残缺。我开始不得不承认这里也是个残破的地界，并非人预想中那样能够轻易让心破茧重生。这里，用尽你的忐忑，用尽夜色晕染，萃取一分失落。

文字变色恨快。它们很快会旧，旧得如脱落的墙皮，如繁密青苔；旧得像是喝过咖啡未洗的杯，一圈圈曾经；像是年轮；像脱线的风筝；像残损的信笺；仿佛乞人怜悯。我的文字会旧得如此不堪，然而这却不是我最初的目的。我无目的地带它们投身这纸醉金迷的世界里洗濯我的世俗之心，无意染给了它们纸醉金迷。不堪，不堪，就是如此不堪。我的罪过。

拾起许多盲目，散落寂寞。放逐许多破碎，找寻救赎。

然而拾与落，逐与寻，无非一盏飘零。像是自导自演的无奈，迷宫没有出口。

原来对光阴作结如此简单。说来恍惚，三言两语如同胡同口的茶话酒语就打发了时光。雾里看花式的，醉里挑灯式的，对过往作结。很久很久的记录，很旧很旧的我。这句话，光阴断肠。

三

形形色色的人，兜兜转转的生命，人看不懂自己，亦看不清虚华。

低调，在世界看来是一个雅词，寻找人们在匆忙中被丢弃的本性。我不知道怎么去诠释这个词汇。以世俗的标准去定义世俗之外的事，本就滑稽可笑。但人们津津乐道。低调有典型有范例，且并不缺乏。低调的人群被世界誉为低调，然而明明低调却为何人尽皆知？不过平添滑稽而已。

游走在形形色色之中，看纸醉金迷。人人厌恶的词汇，人人都无能为力。七月便是这庞大世界的一介小民，两手空空，闻笛垂泪。七月便是夹缝中的风，秋日的叶，傍着夕阳惨淡独唱无奈。

去看雨中溃烂的叶，褶皱、扭曲、垂危。生命在那一刻丑陋不堪。萎谢的生命，凋零的魂。满身不可触及的冰冷。我开始觉得它很像低调在这时代的空洞演绎。低调的人，毫不低调的名声。你不能评判孰对孰错。

我开始磨平尖刻，输给生活的琐碎。因为没有人指明过一条足够光明正大的道，他们自己都不够光明正大。

语言太不足以概括生命的细致。很多时候人需要静思，需要泪水，而他们都无法名状。

浮华世界的事物空虚难耐，尽头又无边，疑惑无垠。生命本身拥有太多问题而人类自己无法解决。人越原始越真实。

古曲，西方人却不懂得，说它们没有节奏与韵律，难以捕捉。可是原始才是真实。如今，曲子都打起固定的拍子，听着却有些不知所云。或许是表面做得太天衣无缝了，本质就难以寻求。

无法作结，这样的心思是罪过。我不想如此狭隘，如此偏激，如此自不量力。

然而，越想要丢掉的东西却越是萦绕不去。我依旧狭隘，依旧偏激，依旧自不量力。我满身罪过。

四

生活之光，视之断肠。

生活重新凌乱。像那些支离破碎的章节，那些五线谱上的段落。细枝末节，像花开，像展颜，又像败落。时光便是凌乱，无法拯救。七月到来，重温张爱玲的《倾城之恋》。看封面上胡兰成写给张爱玲的信，张爱玲写胡兰成的句子。张爱玲说她是尘埃，说遇见他，是从尘埃中开出花来。

七月花开，形同虚设。

流苏在上海与香港兜转一圈后珍藏了真爱，她将岁月的灯熄灭又点燃，一个生活的碎步，就得到了真爱。无疑，她是幸运的，是笔下的人物，有着渺远的希望和传奇的经历。她叫流苏，而并不飘摇。她如张爱玲一样对生活摇摆不定，但她比张爱玲幸运，她是张爱玲笔下的张爱玲，远离生活。

而生活离我又是多么接近，我越发开始疑惑庸俗的含义。这定义在从前的我看来是极端不过的。我认为常人所做出的第一反应皆是庸俗，不堪。我压抑了两年的激进，试着过平静如水的日子。没有高调，没有过激的情感。我试着将自己封锁在一份清净无物之中，如莲纯净。我将自己置身空洞之中，看时间从唐古拉一直流向太平洋。

时间的确从唐古拉一泻而下，而去向却遥不可及，深不可测。它可能没有去到海洋，可能在半途中就被蒸发掉了。成为气体，成为空虚。

空虚是一个可怕的词汇。它让人的灵魂形同虚设。

后主，至少可以在吟词时感受覆朝颠国的痛，至少是痛着的。而空虚是皑皑，是茫茫，是不染纤尘的空白。一无所有。

冰冷了，就毫无激进可言。我被空虚带坏了，虚度两载光阴。至如今，心若止水，不起波澜，这就是所谓的远离庸俗吗？甚至，嗜上绝情的诗，潮打空城的落寞，夕阳无限，黄昏将至。嗜上时光的摧残，那些以悲剧作结的段落，那些形单影只后苍凉的笑。都像是中国的茶，一不小心，就苦起来。

细枝末节，带来的都是波涛汹涌。

也许倾城之恋，是我空虚时光中唯一的一丝暖光。却还写满张爱玲的绝望。

（作者简介见《夏末，是温润的美好如初》一文）

第 4 章

灯下漫笔

他是兄弟，是影子，是陪伴，是规劝，是心灵契合。他和
他有同样的孤独，却超越了他投向远方的目光

英雄与寂寞  ◎文/晏宇

　　起初听说是一部烂片，因此怀抱观看烂片的心态前去，可却为什么看到最终直到泪如雨下？许久以后，我的眼前仍然浮上这样一幕画面：如同阳光般耀眼的少年，公元四世纪时的海滨，身下是一匹刚刚才驯服的烈马。年少的骑手温柔地轻梳马背，安抚它不安的鬃毛，俯下身子悄声耳语……之后，他高昂起灿烂金发的头，骏马腾空扬起双蹄，引天长嘶。夕阳陷落在海中，一个旧世界即将在身后轰然崩塌。他没有回头。他的目光始终朝向无尽的远方，手指抓紧马背上火焰般燃烧的鬃毛——刹那间，身影如同弓去弦离，前方横贯着风中辽阔的土地，一程又一程，人和马茫茫穿越在那坦荡无垠的荒野……

　　总觉得是别的什么东西毁灭了这部电影，而不是亚历山大和他的故事本身。然而一部遭到众人指责的电影，却讲述了一个遗忘久远的故事。当我从历史中再度重温了那个故事时，发现它要比电影来得意味深长。然而电影中却有几个镜头令我印象无比深刻。就是在这一片盲目猎奇的废墟中，也有如早春般的阳光照射出来：满眼都是公元早期希腊海滨的清新色调。少年在宽广而明朗的原野中，驯服了烈马——

　　"布斯法罗斯，我们去征服世界！"

　　随之而来——

是荒漠，鲜血，是夕阳里遮天蔽日的尘沙，是死者横陈沙场天空中鹰的身影。他怀抱垂死士兵睁开的眼，失声恸哭。

忽然想起这样一句词：三十功名尘与土，八千里路云和月。于他最适合不过。

他是捕梦的人。渴望效法大力神赫拉克里特斯？盗火者普罗米修斯？抑或英雄阿喀琉斯？这全然都已不重要。早已有更高更遥远的不知名的神灵，在他出生之时便亲手打下了烙印，注定了他一生中前行的每个脚步，都将布满辉煌与喟叹，荣耀和不安。他曾亲手点燃传说中远古的火把，进入洞穴深处，洞悉神话、诗歌、戏剧，以及那些使人不能入眠的黑夜的奥秘；他不是水手，却能感受地磁的颤动；他是凡人，征战数千公里土地，来到巴比伦城下却找不到通天塔。于是他一次又一次，深入世界极端；一次又一次，将脚步拓展得更远。最终，当登上喜马拉雅那皑皑积雪的山岭，遥望远方那片据说是神的宫殿时，他的心头仍然怀藏着对山麓另一侧的渴望。梦里不顾一切伸出的手，遥遥指向前方那谜一般那不知名的土地……

只是，在寻觅这一切的过程中，浸透了乱世硝烟、家国离难、孤儿寡妇的哀号和无名战士的喋血！

于是他便经受怀疑，遭到背叛。无人愿意跟随他，去寻找虚无缥缈的世界边缘的角落。部将们多半记挂着自己故土尘世的生活，没人想去理解他对远方的向往。长久跟随着他的人累了，一瞥那道一如既往执着于远方而无暇他顾的目光，纷纷摇头。

当一个人只凭着梦想脆弱的支点，单足立于这个世界，他终究除了自我以外便一无所有。他将财富分给部下，自己只留下征服土地的雄心。他戎马一生，英明狡诈，精于战法和治术，然而多年之后，内心依然是那个希腊海边纵马奔驰的孩子，向未知世界投去天真的目光。他是天下最富有、最有权势的大王，同时也最孤独在夜深无人语处。最终，那道目光化作降落在大地的一颗明星。它不断从内在深处点燃自己，释放出过于耀眼的光芒。他从出生一刻便在燃烧，然而世上却无任何东西供他燃烧，他拿来燃烧的只有自己的心……

现实终究无情，支点坍塌了，遽然陷落的便是引火的足迹。友人死去时，破灭的还有英雄的心。

赫淮斯提昂，亚历山大唯一的伙伴。皇后罗克珊娜只是亚历山大另一个世界偶遇的烈火，战友赫淮斯提昂才是他与世相逢的灵魂。带着童年的记忆、神话的预示、希腊的余光，向他走去，最终成为亚历山大生命中不可替代的另一半。正巧,他们中间的象征物是一颗红宝石。于是觉得自己仿佛在讲齐格飞和莱茵哈特的故事。我一直以为亚历山大就是田中芳树笔下青年帝王的原型，而他的友伴，长有一头火红秀发的青年，也和红宝石有着不解之缘，于是便认定冥冥中事出有因。

我知道历史对他们二人始终存在纷纭的猜测，然而我宁愿相信人与人之间的确有一种依恋，可以超越一切理由和动机而不离不弃，生死相随。赫淮斯提昂：唯一在幼年比武中战胜过亚历山大的人，唯一可以在积雪的峰巅与他并肩而立的人，唯一在婚礼前真心祝福他的人，唯一自始至终都对他说真话的人，那个在他神志不清酒后乱性众叛亲离的时候仍然没有离开他的人……

当波斯皇后卑躬屈膝地向理想中的英雄乞求却弄错了对象，来到赫淮斯提昂跟前时，亚历山大在一片笑声中对她说：

"你没有认错，这也是一个亚历山大。"

这不是编剧的臆造，这是史书的遗词，以传说名义见证一段异乎寻常的情感——

他们在出征前夜相互温暖，金戈铁马并肩作战，胜利后拥抱，泪流满面。想起他们之中的对话：

"当年帕特洛克洛斯和阿喀琉斯并肩站在特洛伊城下的时候，他是不是比阿喀琉斯先死？"

"帕特罗克洛斯先死。"

"假如你也是这样，假如你先倒下，赫淮斯提昂，马其顿会失去一位国王，我会为你复仇，然后跟你到地府。"

"我一直都把你看成太阳，亚历山大，我祈祷你的梦想能照耀到所有人。"

　　在他娶罗克珊娜为妻的那一夜，赫淮斯提昂在饮酒的帐篷门口给了他那枚红宝石戒指，这枚戒指，亚历山大临死前高高地举起，凝视着。

　　赫淮斯提昂，这名字包含了多少丰富而复杂的情感：他是兄弟，是影子，是陪伴，是规劝，是心灵契合。他和他有同样的孤独，却超越了他投向远方的目光。他没有他征服世界的雄心，却有洞悉世态的清醒，以及守卫朋友到最后一刻的信念。赫淮斯提昂，他用自己的生命成为了支撑亚历山大的另一个支点。亚历山大在追寻梦想中展翅的时候，是赫淮斯提恩在前方为他铺平道路；亚历山大起飞翱翔的时候，是赫淮斯提昂阻挡来自不同方向的风沙肆虐；当亚历山大迷失了自我时，牢牢把握着他，不让他误入歧途的，还是赫淮斯提昂。只有在他面前，亚历山大才能还原成一个做错事的孩子。也只有在他身边，亚历山大才能领悟一种爱，就像他幼年时期亚里士多德教导过的灵魂之爱，那跨越生命和时间的，将人与人联系起来的最强烈的纽带。

　　亚历山大的一生中，布满陌路的脸孔与匆匆过客。各色各等的人物，应召于时代烽火，在利益的驱动下往来轮换。他的身后充满了无止境的逢迎、利用、争斗、背叛，还有陷阱。尔虞我诈的宫廷，居心诡谲的朝臣，各怀心事的将领，带着不同的渴慕仰望他的女人，他们活在他一手创建的辉煌底下，赞颂着他的成就武功，而又都对他有所求。其中只有一人自始至终活在他的影子里，超越了他的辉煌，为他奉献了整个生命。他出生在命运的迷局里，满怀孤寂，流放自己在沙场岁月。周围所有的人，包括他的父母都始终心怀隐密，他在有生之年连一个也不曾真正了解。然而赫淮斯提昂，那个有着清澈双眸的少年，对这世界比他看得更透更深，洞悉一切却又一言不发，在滚滚的人流之中陪伴在他身旁，出生入死。他是他灵魂的一面镜子，代表着友谊和不可动摇的爱，让他可以从中照耀到自我。对于亚历山大而言，只有赫淮斯提昂一人自始至终都在安慰他，规劝他，鼓励他，保护他，并且，原谅他；原谅他的卓越任性，他的自私自负，他那不切实际的幻想，以及对他们友情的背叛，最后在梦想迷宫当中将他拯救。

当我想起在古代兵戎征伐、乱世冷暖的世界中，竟然有人对另一个人了解得如此之深，却还仍然跟随着他，那已经不再是一种选择，而是成为了羁绊。只有赫淮斯提昂真正了解亚历山大，对他的优点和缺点了如指掌，却无半句怨言。他甘愿站在亚历山大身后的阴影之中成为忠实无言的依靠。这陪伴来得如此自然顺理成章，亚历山大长久以来却不曾觉察；赫淮斯提昂终生为了亚历山大而活，然而亚历山大却只属于梦想，直到他们当中一个临死前的一刻：

"你就像阿拉伯酋长一样信任我，只有你从来没有让我赢过，只有你一直对我说实话，你没有让我毁掉我自己——

"请不要离开，赫淮斯提昂！没有你我什么都不是。"

失去赫淮斯提恩的亚历山大，悲痛如失去自我一般。他终于明白，以往之所以战无不克，英明决断，那是因为有赫淮斯提恩一直在背后默默守护和进言。而在过于漫长的时光中，他却总以为那是自己一人成就的伟业！然而他是阿喀琉斯，他是帕特罗克洛斯，如古希腊神话中一样，他的英名因他而铸，而他则要为他而死，最后他们始终在一起。

最终，他被积怨已久的部将密谋加害，历史沉入漫漫长夜，世界终将得不到真相……

庸常时常参不透伟大，凡人无法谅解英雄。

亚历山大的部将托勒密年老之后如此忏悔……

传说最终落幕，于是在我的记忆中只剩下某年某地金发的少年。他纵马疾驰而去，再未回返……

作者简介
FEIYANG

晏宇，网名风间轨迹、minstreland。（获第十一届新概念作文大赛一等奖。）

上帝死了，诗人无法复活  ◎文/王钟的

　　评价海子的文字多是铿锵有力的。也难怪，人民文学出版社每年增印一次《海子的诗》，世上就又多一批读者看到，封面上他胡子头发连成一团龇牙咧嘴的相片，活脱脱一个旧版侠客——然而，我无意把本文放到三五之夜，对月长啸一口剑气，举酒独酌，然后醉里不知身是客地哼哼哈哈。海子的春天远没到来，山海关的野草在这个季节想必都枯黄了吧。何况鄙人刚从兰姆先生的情调文字里挣扎出来，实在没有豪兴跳进火坑，自得其乐，心甘情愿成为烤羊肉串。

　　斯人已矣，既不得"托体同山阿"，然则海子绝不该沦为"死去何所道"，生者犹可为之思寻。请允许我靠近暖气管，慢慢展现在我心里倒腾不止的诗人。

一

　　已经不是文学青年泛滥的时代了，抑或本人可以自诩为珍稀动物"文青"的身份幽幽地在校园的某个角落抱怨礼崩乐坏。现今查海生为人所知恐怕还要拜人教版的教材所赐。还记得我高中的首任语文老师——已经做到市级"教坛新秀"的她，似乎还嘶力在学生前装出青春常在的姿态；再有就是鄙人自我感觉狂热地做朗读示

范——或者终究没有举手"吃螃蟹",不过在自己座位上咿咿呀呀也不得而知了。自然这首《面朝大海,春暖花开》也正是我唯一能够完整背诵的海子诗。

幸福有多种定义,马克·吐温的百万富翁和我们的西门庆都有他们独到的诠释。海子在诗中认为的幸福,无外乎又回到了中国文人无处破壁,以"自然"为精神寄托的老路子。方宅十余亩,草屋八九间,当然自己也亲身参加劳动,无论劳动生产率是否够高,至少是富农的生活水平了。喂马、劈柴,而且还想到了关心粮食和蔬菜的必要。不过如同绝大多数中国文人(除了陶潜等个例),这种刻意营造幸福氛围的方式并不是诗人内心认同的。也正是潜意识里不愿关心这些形而下之的玩意儿才发此感叹,就像笔者从前考了第二名才念叨归去来兮要它应试几时休!其实多余的"周游世界"就暴露了罗曼蒂克的本性,其实不过既自以心为形役,奚惆怅而独悲,何况在"陌生人"带了旧女友飞越大洋的情境下?周游世界的人想来是不需要固定住所的,然而他又想把时间和空间定格,类同我以一个江浙人的身份把对"麻辣烫"的恐惧定格一样。我日日抱怨吃不到海鲜的客观实在,也由此理解了海子为什么要面朝大海,春暖花开。

第二节则把读者带进来了亦真亦幻的境地,如果上一节以笔者"海鲜论"能够自圆其说,这节我也得承认有些丈二和尚摸不着脑袋。好在仍然一个"明天"向人表明以下诗句都不能以平常心理解。而且大部分诗人写诗针对的第一受众即自己,诗歌不会向其他读者的理解能力妥协。诗人的"幸福"似乎不满足于躲进小楼成一统,而颇有期望普天之下路人皆知的意味。海子的高明在于女友跟着别人跑了以后,依然有胆魄叫嚣"幸福"(恕我不敬),这便是至哀之下的狂笑吧——痛既至此,由他去了,这不是简单的"无可奈何"可以概括的心态。

第三节回到了温暖的生活话题。当然作者在狂热中一时无法冷静,突发奇想给山河命名,大有一番秦皇汉武不输文采的颠覆性结论。诗人终归是诗人,外似疯癫的举止下坚守风度,礼节性的表示还显得很必要,但是那对"陌生人"的祝福真不免酸溜溜地唱《渭城曲》之嫌——何必不觉展齿之折？然后到最后还是要与之划清界线,一刀两断——你走你的阳关道,我过我的独木桥,所有的笑里藏刀在临别时图穷匕见。"你"追求的不过是尘世的幸福（权、钱、色之类）,"我"有"我"的幸福观,哪怕不过是"面朝大海,春暖花开"——任何善意的谎言都不复存在,任何嚣张的宣战重归寂寞。海子的魅力再次凸现,连同我混沌的眼神也逐渐明澈。近二十年前的诗歌,飘进了三十二开纸帐的笔记本上方,促我依然愿意到空无一人的角落大声朗读,冀以驱散北国的寒冷,以及呼唤曾与我生存在同一座城市天空之下的诗人精神。

尽管,诗里的上帝早已死亡。

二

那是海子留下的最后一首,同时也是在我看来最耐人寻味的一首,它决不仅给众说纷纭的"诗人之死"留下谈资。绝笔诗在宣告一个时代将终结的同时,伴随着诗人的绝望与自嘲——上帝死了,基督（抑或诗人？）还能复活否？

中国诗歌最近的,但愿不是最后的辉煌自此走向暗淡。过了几年顾城拿了斧头劈开了妻子的脑壳然后自戕,舒婷彻底告别了"少女"时代似乎顿时步入中年,北岛在挣扎与妥协间徘徊却不甘边缘。就在一眨眼的时间里,缪斯似乎朱颜不再,"居大不易"也不再成为值得争论的话题。近两千年来这种古老的谋生工具在经受了一百年的挑战后,终于沦为靠边站的角色,甚至对它旧年辉煌的葬歌也不再虔诚而略带讥讽。幸而人文社的加印还在逐年继续,但确凿的推测是这种加印随时会在某年戛然而止。依旧,3月26日的安徽省怀宁县一个偏僻的小山村会迎接一批朝圣者。年轻大学生也许会忽略海子已成为父辈的事实,我们悄悄地对历史陌生,因为我们已用不自觉地解读历史的眼光看待这些人事。海子在当代诗歌史上的地位并不是最显赫的,在主流评论中，他的作品维持着不温不火的尴尬。只在民间，他成为诗歌精神的标志，他的诗集成为一个少数人添加柴火的小火炉。

"扯乱你的黑头发，骑上你飞奔而去，尘土飞扬"，海子野蛮之悲伤终于以消沉的方式散发，兼带背地里一股唐诗宋词的古意，多少诗人曾设想过绝尘而去的潇洒！浪漫到了极端化为恐怖，春天来临之前的黑夜竟成为一个值得留恋的理由。然后，诗人终于提出"死亡"的明确抉择了。在那一刻，想到乡村，像每一个等待死亡的中国文人，故乡情结没有磨灭，尽管给"久居长安"的人看来"空虚而寒冷"。确实无法还乡了，贺知章的"少小离家"句体现的诗人冷漠之欣慰，竟也难以得全，何况刘皇帝式的叫嚣？乡土，那里只是谷物，诗歌常常回避这些原始的玩意儿，因为高傲，因为陌生。这里海子只好放下了"诗人"的架子，这是我不得不仔细思索的：作为"后海子"的一代人，我追求的与我本质的是什么，在我咬着洋鸡腿享受口腹之乐时，潜意识中把"名牌"大学学生身份当做一个心理底牌时，可曾设想这种虚弱的价值体系更容易有朝一日轰然而塌？

在山海关发现的诗人遗物中只有四本书。其中一本梭罗的《瓦尔登湖》，依旧延续"面朝大海"的构想，不同的是这次是随主人殉葬，他也该哼哼过"梭罗这人有脑子"。还有一本则是《圣经》，联系到诗歌里的"复活"，那种"基督"情结在海子头脑里根深蒂固。不是每个中国诗人都有这种"悲壮"与"英雄"观的，杜工部有点，比如《茅屋为秋风所破歌》，而大部分诗人都类同李白，他们少有"我不入地狱，谁入地狱"的慷慨，他们也决不幻想"二十年后又是一个"的激昂。他们在酒与神话间纠结不清，乃至都无暇自己设计死亡的方式。但海子不同于传统诗人的诗：他既接受神话又警惕酒精，他既关心人类又依赖爱情，这位北大毕业生毫无疑问地继承了母校基因的双重气质。

我早就褪去外套，因为读诗让血液升温，也因为微寒能让我保持清醒。回顾完海子，或许就得过段时间才能接受兰姆了。我顺着海子的视线：上面是天堂，被城市灯光严重污染的星空；下有大地，我能想象家乡湖畔的一片荒土——我还想的是希望看到海子眼中的上帝。我们缺少一个上帝，我们失去了他，我们自己的祖先把他尊称为"天"。

　　诗人无法复活了，诗歌更加局促地生存。该得到的尚未得到，该丧失的早已丧失。

作者简介
FEIYANG

　　王钟的，生于1990年的夏天，18岁之前一直生活在南方的一个滨海城市。现就读于中国人民大学新闻学院。(获第九届新概念作文大赛一等奖，第十一届新概念作文大赛二等奖。)

灯草的灰烬 ◎文/靳星

　　一年多以前读到过这样一个故事：说明朝永乐年间，有一读书人叫沈元。有一天他在街上闲逛，恰巧看见一场处决，诛灭的是方孝孺的十族，因为他不肯拥戴当今圣上（篡位），这时有一个少年挣扎着大喊："方孝孺，你为自己的一届虚名而害死上千人，你于心何忍？！"沈元后来做了宾州知州，内心中却一直对这件事心有存疑。

　　后来永乐皇帝的胞弟也想篡位，由于宾州，叛军的进军受阻，所以他们对沈元发出了最后通牒：如果不投降，宾州沦陷后他们就要屠城。沈元走到满目疮痍的街上，走到了岳王庙，对着那大书"精忠报国"的匾额默立良久。

　　再往后，沈元投降，几年后叛军被平定，宾州的日子恢复了常态。偶尔会从茶馆里飘出说书人慷慨激昂的声音，描述着方孝孺被灭十族的忠义故事。至于沈元，已带着他"叛臣"的头衔，渐渐地被人遗忘。宾州后人有时甚至会为历史上没留下什么悲壮事件而感到懊丧。

　　我用互联网搜了"方孝孺"，映入眼帘的便是他广为人知的被灭十族的忠义故事，再搜"沈元"，却没有记载。这是一个作者虚构的人物，但是我明白，每一个朝代，每一场战争，都有沈元这样的人。史书里不会有他们的影子，后人不会传唱他们的故事，他们的名字被孤寂地埋在英雄的脚下，被践踏。

如果说英雄燃起了一把烈火焚烧了整个荒原，那这些人不过是黑暗中的灯草，纵然燃烧自己，微不足道的光芒也只能照亮一扇小小的窗。

历史中的有些角落从未被提起，而我们不曾想过去知道；有些角落看似光明，而我们从未想过去挖掘这光明背后的故事。有的人说方孝孺以死殉国可歌可泣也，但方孝孺死，并不是他一个人死，他的十族都得死。他这样的忠义之名，我可以毫不过分地说，就是用千人的尸骨堆积起来的。况且永乐皇帝篡位后，还是明朝，还是中国。哪里来的"殉国"一说？他只不过死守着封建社会中那个所谓的"正统"，他只是忠于这个"正统"，不是明朝不是中国。鲁迅说他"迂"，不为过，甚至我觉得他的心，一定是冷的。而沈元的作为，被深深埋葬在了百姓的安定生活下面。老百姓很快会迎来新的知州，喝茶的继续喝茶，说书的继续说书，日子就这样流水般地过去了。你说一个表面一个深层，人们能看到的是哪个？而历史沉淀下来的，到底又是哪个？

大多数时候，我们中的大多数人都是在麻木地过活，麻木地进行现在的学习，麻木地遵循目前的生活，麻木地接受固有的观念。有人说凡事看到的皆是谎言，因为真相无人可知。或许这句话显得矛盾和偏激，但无可否认的是，真相，往往是如此的血淋淋与残酷，甚至有时候不免心惶惶地想，或许有一天，我们目前所建立的生活方式与道德观念就会突然分崩离析。

只是想说，当往后我们遇到很多事，请先不要想你这样做是流芳百世还是遗臭万年，你的名字是从此被捧上了天还是从此遭人唾弃。很多时候，对不是对，错也不是错。禅语有说：五百年前我吃你，五百年后你吃我。当时显得如何冠冕堂皇的理由，或许在后世是最不能容忍的恶习。我们需要做的，也是真正唯一能够做的，是对得起自己的良心，对得起一个生命存在的意义。

即使是做一把不曾停留在任何人掌心的，灯草的灰烬。

作者简介
FEIYANG

靳星，女，爱笑，并且笑容甜美狡黠。有时很小女孩脾性，有时也豪爽大气。没有最擅长的事，但是爱好广泛，崇尚精神物质生活两手抓。喜欢看书，写文章，逛街，听音乐，民族风，计算机等等。向往做各种宗教研究，也在努力地多做一点事。敢于面对内心最灰暗的地方，并且努力将其拔除。(获第十届新概念作文大赛一等奖，第十一届新概念作文大赛一等奖)